구멍난 기억

구멍 난 기억

초판 1쇄 발행 | 2009년 3월 10일
5쇄 발행 | 2012년 12월 20일
지은이 | 자비에-로랑 쁘띠
옮긴이 | 백선희
만든이 | 최문정 이창섭 여은영 김민영
펴낸이 | 최윤정
펴낸곳 | 바람의 아이들
등록 | 2003년 7월 11일(제312-2003-38호)
주소 | 121-841 서울시 마포구 서교동 448-29
전화 | (02)3142-0495 팩스 | (02)3142-0494
이메일 | windchild04@hanmail.net

옮김 ⓒ 백선희 2009

ISBN 978-89-90878-72-4 74380
      978-89-90878-04-5(세트)

Miée
by Xavier-Laurent Petit
Copyright ⓒ 2001 by l'école des loisirs, Paris
All Right Reserved.
Korean Translation Copyright ⓒ 2009 by Baram books.
This Korean edition is published by arrangement with l'école des loisirs.

이 책의 한국어판 저작권은 l'école des loisirs 와 독점 계약한 바람의 아이들에 있습니다.
이 책은 저작권법에 의해 한국 내에서 보호받는 저작물이므로 무단 전재와 무단 복제를 금합니다.

구멍 난 기억

자비에-로랑 쁘띠 지음 | 백선희 옮김

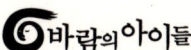

나의 할머니
잔 뒤베른 님께
이 책을 바칩니다.

9월 4일 월요일

"안나야, 자동차 열쇠 찾는 것 좀 도와줘! 이번이 마지막이야. 부탁해!"

비는 어제 저녁부터 줄기차게 내리고 있고, 열쇠는 도무지 보이지 않았다. 엄마는 폭발하기 직전이었다. 정말 기막힌 개학 전날이다!

"꼭 바쁠 때 이런 일이 일어난단 말이야!"

엄마와 나는 사방을 뒤지고 들쑤시며 열쇠를 찾았다. 빨래까지도 뒤졌다. 그런데도 없었다……. 엄마는 아파트 곳곳을 휘젓고 다니며 투덜댔다. 문을 꽝 닫고, 엎드려서 소파 아래도 들여다봤다.

"어떻게 이럴 수가 있지! 이건 말도 안 돼!"

엄마 목소리가 떨렸다. 나는 엄마가 한 일을 하나하나 떠올려 보았다. 어제 저녁, 슈퍼마켓에서 돌아올 때만 해도 분명히 손에 열쇠를 들고 있었다. 그 뒤엔 장본 것을 정리했고. 그러고 나서는…… 그러고는…… 그러고는…… 그렇군!

나는 서둘러 달려갔다.

"여기 있어요. 엄마, 찾았어요!"

"얼른, 얼른 이리 줘! 안나야, 널 할머니 댁에 내려 주고 엄만 갈게. 너무 늦었어!"

엄마는 고맙다는 말도 없이 열쇠 꾸러미를 낚아채더니 곧장 계단으로 달려갔다. 열쇠를 냉장고 야채 칸에서 찾아내려면 엄청나게 시간이 걸렸을 텐데.

차고를 나서면서 엄마가 핸들을 급하게 꺾었다. 그럴 때가 종종 있다.

"지이이익."

차 긁히는 소리가 났다.

"이런, 이런, 이런!"

엄마가 소리쳤다.

밖으로 나와서도 상황은 그다지 좋지 못했다. 비가 억수같이 쏟아지고 있고, 커다란 초록색 쓰레기차가 앞길을 가로막고 있었다. 앞으로 나아갈 수도 없고, 뒤로 물러설 수도 없었다! 차를 탄 사람들은 누가 더 세게 누르나 내기라도 하듯이 경적을 눌러 댔다. 엄마는 초조한 얼굴로 시계를 들여다보았다. 그러곤 한숨을 쉬더니 사무실로 전화를 걸기도 하고 서류도 뒤적였다. 5미터 정도를 더 나아갔다. 다시 시계를 보고, 또다시 한숨을 내쉬고, 하늘을 쳐다봤다.

틈이 나자 엄마는 누구보다 먼저 달려 나가서 적어도 10미터쯤은 걷는 속도로 나아갔다. 정말 신기록이었다.

라디오에서 흘러나오는 부드러운 목소리가 교통 체증이 언제 풀릴지 모르겠다고 알렸다. 나는 그 자리에 없는 듯이 조용히 앉아 김 서린 창문에 손가락으로 태양을 하나 그렸다.

거의 10시가 다 되어서야 드디어 클리시 광장이 눈에 들어왔다. 평소 때보다 시간이 두 배나 걸렸다. 엄마는 할머니 집 앞에 차를 대충 세우고 서둘러 나를 내려 주며 마지막 말을 던졌다.

"얼른, 내려!"

그러곤 경적을 있는 대로 울리며 소리를 질러 대는 트럭 앞에서 허둥지둥 떠났다.

건물에 들어서니 세제와 소독약 냄새가 났다. 관리인 아주머니가 걸레의 물을 짜며 염려스런 눈길로 나를 쳐다봤다. 비에 젖고 진흙이 잔뜩 묻은 내 신발이 청소해 둔 바닥을 더럽힐 것 같았기 때문이다. 그렇지만 나를 보자 아주머니 얼굴엔 함박웃음이 피어났다.

"예쁜 안나가 왔구나! 그새 또 컸네. 널 처음 보았을 땐 조막만 했는데 말이다. 그래, 방학은 끝났니? 네가 할머니 댁에 오는 걸 보니 또 새 학기가 시작되는가 보구나."

"안녕하세요, 부자릴 아주머니. 우리 할머니 계세요?"

"그럼, 아마도 서서 널 기다리고 계실 거야."

엘리베이터로 사용되는 낡고 요란한 기계는 덜컹거리고 삐거덕거렸다. 내가 좋아하는 낙서를 힐끗 쳐다봤다.

루이는 안나를 사랑한대요.

물론 다른 안나 얘기다. 그런데도 나는 루이라는 애가 어떻게 생겼을지 궁금했다.

나는 할머니를 다시 보게 되어 기분이 좋았다. 방학 동안에는 할머니를 볼 수가 없다. 7월이 되면 수련회에 가고, 그 뒤로는 부모님과 함께 휴가를 떠나기 때문이다. 할머니는 아파트를 벗어나는 일이 없다.

"난 어딜 가기엔 너무 늙었어."

할머니는 언제나 그렇게 말했다. 그렇지만 두 달은 혼자 지내기엔 너무 긴 시간이다. 그래서 학기 동안에는 할머니를 보러 자주 들른다.

할머니와 나는 얘기를 많이 나눈다. 뭐든지 얘기하고, 아무 얘기나 한다. 학교 얘기도 하고 친구들 얘기도 한다. 할머니는 첫 키스 이야기를 해 주신다. 내가 아주 좋아하는 얘기다! 무엇보다 할머니는 바쁘지 않아서 좋다. 부모님은 항상 시속 100킬로미터로 달리는데, 할머니는 여유가 있다. 그리고 할머니와 나는 자주 설탕 과자를 만든다.

설탕 과자를 만들 때 제일 중요한 건 조개껍질이다. 설탕 녹인 걸 담을 수 있도록 옴폭한 예쁜 조개껍질이 필요하다. 할머니는 오래 전에 썰물 때 해변에서 주워 모아 둔 조개껍질들을 갖고 있다.

할머니는 냄비 중에서 가장 작은 걸 고른다. 언제나 똑같은 냄비다. 거의 소꿉 같은 냄비다. 냄비 속에 설탕 조각을 넣고 오렌지 꽃물을 뿌린다. 그리고 약한 불에 끓인다. 설탕이 녹아서 갈색으로 변하고, 캐러멜 과자처럼 된다. 그러면 부엌이 달콤한 냄새로 가득 찬다. 이때, 적당한 때를 놓치면 안 된다. 너무 오래 두면 새까맣게 타 버려 몇 초 사이에 망쳐 버리니까 적당한 순간을 잘 살펴야 한다. 설탕이 녹아 맛있는 갈색으로 변했을 때 조개껍질에 조심스레 부으면 된다.

그리고 식히면 완성이다! 이보다 더 맛있는 것은 없다. 이보다 더 간단한 것도 없다. 이제 느긋하게 먹기만 하면 된다. 할머니는 설탕 과자의 여왕이다.

5층. 엘리베이터가 멈춰 섰다. 초인종을 누르자 할머니가 입가에 미소를 활짝 띠고 바로 문을 열어 주었다.

나는 어리둥절한 얼굴로 할머니를 쳐다보았다. 폭탄이라도 맞은 것처럼 할머니 머리카락이 성게처럼 온통 곤두선 걸 보니 잠이 덜 깬 모양이었다. 보통 때의 할머니 모습과 너무 달랐다.

아무리 기억을 더듬어 봐도 아침 일찍부터 새하얀 머리카락을 한 올도 빠짐없이 단정하게 빗어서 쪽을 진 할머니 모습밖에 본 적이 없었다. 무슨 일이라도 있냐고 물어볼 틈조차 없었다.

"들어오세요, 들어오시지요. 잠깐만 기다리세요."

할머니는 공작부인 같은 투로 말했다. 처음 듣는 낯선 말투였다.

할머니가 누구에게 말하는 건지 보려고 뒤를 살짝 돌아보았다. 아무도 없었다. 그러니 분명히 나한테 하는 말이었다. 나도 놀이에 끼어들었다.

"걱정 마세요, 부인. 전 오늘 바쁘지 않답니다."

그리고 우리는 한동안 입 속에 뜨거운 감자라도 든 것처럼 서로를 '친애하는 부인'이라 부르면서 깍듯이 예의를 갖추었다.

할머니 머리에 대해서는 바로 얘기할 용기가 나지 않았다. 그렇지만 정말 이상했다. 할머니가 흰머리를 어깨까지 길게 늘어뜨린 걸 보고 있으려니 거북했다. 갑자기 할머니가 엄청나게 늙어 보였다. '우리 할머니' 같지가 않았다. 그러다 결국에는 말하고 말았다.

"그런데 부인, 혹시 아침에 머리 빗는 걸 잊지는 않으셨는지요?"

그러자 할머니가 나를 쏘아보며 말했다.

"아가씨, 지금 무슨 말을 하는 거예요. 저는 지금 막 미용실에서 나오는 길이랍니다. 아가씨 일이나 잘하세요!"

미용실에서 오는 길이라니. 난생 처음 듣는 소리였다! 게다가 내가 방금 왔는데, 있을 수 없는 일이었다. 머리 얘기를 하자마자 할머니는 불같이 화를 냈다. 화가 나서 얼굴이 새빨개지더니 아파트 문을 꽝 하고 열어젖혔고, 갑자기 목청을 높였다. 할머니가 그렇게 화를 내는 건 처음 보는 일이었다!

"그건 그렇고, 누군지도 모르는 분이 왜 여기 있죠! 당장 나가세요. 그러지 않으면 경찰을 부르겠어요!"

내가 누군지 모르다니. 이게 도대체 무슨 정신 나간 얘기지? 도무지 영문을 알 수가 없었다. 한 가지 확실한 건 할머니가 장난을 치고 있는 게 아니라는 것이었다. 놀이를 하는 게 아니었다.

나는 '부인' 소리를 그만두고, 당황해서 어쩔 줄 모른 채 몇 발짝 뒤로 물러났다. 내 앞에 서 있는 할머니는 정말로 화가 난 모습이었다. 할머니는 눈을 번득이며 새빨개진 얼굴로 마치 따귀라도 때릴 듯이 손을 반쯤 들어올리고 있었다.

내 이마에서 피가 펄떡이는 게 느껴졌다. 할머니가 무서워 보였다. 나는 떨면서 울먹이는 목소리로 말했다.

"할머니, 왜 그러세요? 방학 동안 못 와서 할머니를 뵈러 왔어요."

"나한테서 돈을 뜯어 가려고 그런 말 하는 거죠, 엉! 이번이 처음이 아닐 테지. 하지만 우리 남편이 오면 이러지 못할 거예요!"

남편이라니! 할아버지께서 돌아가신 건 이미 오래 전 일인데. 나는 할아버지를 본 적도 없었다. 금세라도 눈물이 쏟아질 것 같았다. 나는 외쳤다.

"할머니, 저예요. 할머니 손녀, 안나예요!"

할머니는 들었던 팔을 내리더니 잠시 머뭇거렸다. 나는 할머니 손을 잡고 욕실의 커다란 거울 앞으로 가서 나란히 섰다. 할머니는 무슨 영문인지 모르는 것처럼 거울에 비친 모습을 보았다. 나는 숨이 막히는 것만 같았다. 그러다 할머니가 소스라치며 말했다.

"안나야……. 무슨 일이니? 내 머리가 왜 이렇게 엉망이지?"

나는 눈물을 닦으며 웃었다.

"할머니! 제가 한 시간 전부터 그 얘길 하고 있잖아요."

할머니는 반쯤은 믿기지 않는 듯, 반쯤은 걱정스러운 듯, 이상한 눈으로 나를 쳐다보았다. 그러더니 무슨 말을 하려고 입을 여시더니 그냥 웃고 말았다. 나는 할머니를 꼭 끌어안았다.

"내 강아지, 내가 널 울렸구나……. 요즘 내가 정신을 어디다

팔고 다니는지 모르겠구나. 기다려 봐, 널 맞이하려면 예쁘게 꾸며야지."

할머니가 다시 나왔을 때는 진짜 나의 할머니를 볼 수 있었다. 평소 때처럼 단정하게 머리를 빗고, 화장하고, 냄새 좋은 향수까지 뿌린 할머니였다. 그리고 평소처럼 우리는 설탕 과자를 만들며 오후 시간을 보냈다.

할머니와 나는 서로 이 일을 잊은 척했다. 그런데 저녁에 엄마가 나를 데리러 올 시간이 되자 할머니는 마치 누가 우리 말을 듣기라도 하는 것처럼 나를 따로 구석으로 데려가더니 귓속말로 속삭였다.

"있잖니, 안나야, 오늘 아침에 있었던 일 말인데……."

"네……."

"내 머리와 내가 했던…… 좀 이상한 말…… 그건 우리끼리 비밀로 했으면 좋겠구나. 엄마한테는 말할 필요가 없겠어."

나는 고개를 끄덕였다. 그때 벨소리가 울렸다. 엄마였.

난 그러지 않아도 엄마와 아빠에게는 아무 얘기도 안 할 생각이었다.

10월 18일 수요일

"안나야, 배추 털 좀 뽑아 주겠니?"

복도 한가운데 아무렇게나 팽개쳐진 내 운동화 한 짝을 손가락으로 가리키며 할머니가 눈살을 찌푸린 채 말했다.

나는 웃음을 터뜨렸다.

"뭐라고요?"

"뭐가 웃긴지 모르겠구나! 난 그저 네가……"

할머니는 머뭇거리며 나를 쳐다보았다.

"내가 좀 전에 뭐라고 하던?"

"배추 털 좀 뽑으라고 하셨어요."

"내가 정말 그렇게 말했어?"

나는 웃으며 고개를 끄덕였다. 할머니도 웃고 계셨지만 할머니 눈을 들여다보니 그다지 웃을 기분이 아닌 것 같았다.

얼마 전부터 할머니는 이상한 말을 마구 섞어서 한다. 어떤 때는 정말 희한한 말을 끄집어내는 바람에 '말을 거꾸로 하는 왕자'가 생각났다. 그건 내가 어렸을 때 할머니께서 종종 읽어 주던 재미난 이야기다. 할머니는 이런 말도 했다.

"안나야, 개 좀 사다 줄래?"

"빵 말이에요?"

"내가 빵이라고 하지 않았니?"

이런 일이 언제 시작되었는지는 잘 기억나지 않는다. 작년인지 아니면 재작년인지 잘 모르겠다. 처음에는 별로 심각하게 생각하지 않았다. 할머니는 눈을 하늘로 치켜뜨고 웃으며 이렇게 중얼거리기까지 했다.

"아이고! 내 정신 좀 봐!"

그런데 이제는 점점 웃는 일이 적었다. 잘못되었다고 지적하면 화를 내실 때도 있다. 그래서 나는 할머니가 잘못 말해도 가만히 있다. 어쨌든 그다지 심각한 일은 아니니까 할머니와 나는 서로를 잘 이해했다.

나는 할머니가 무슨 말을 해도 가만히 있다. 어쩌다 웃음이 터질 때만 빼고는!

'배추 털을 뽑다'니. 이런 말을 할머니는 대체 어디서 가져오는 걸까? 곧 '할머니 국어사전'을 써야 할 것 같다.

11월 29일 수요일

"예쁜 블라우스는 어때?"
"제가 티셔츠만 입는다는 것 잘 아시잖아요!"
"그럼 예쁜 치마는 어떠니? 넌 늘 바지만 입잖니. 그렇잖아도 하나 봐 둔 게 있어……."
"싫어요!"
"그러면 뭐가 좋겠니?"
할머니가 깊은 한숨을 내쉬며 물었다.
"게임용 사이버마스터요."
"뭐?"
"할머니, 사이버마스터 몰라요? 엄청 복잡한 사이버 게임이에요."

"엄청 복잡한 사이버 게임이라고."

할머니가 눈을 하늘로 치켜뜨며 말했다.

"너 다른 사람들처럼 말할 순 없니?"

"다른 사람들처럼 말하고 있는걸요. 할머니가 이해를 못 하시는 거죠."

해마다 이렇게 똑같은 언쟁이 오갔다! 내 생일 선물에 대해서 할머니와 나는 늘 생각이 달랐다.

예전부터 할머니는 흰색 샌들을 신고 팔랑팔랑 치마를 입은 예쁜 손녀딸을 꿈꾸었다. 하지만 나한테서 그런 모습을 바란다는 건 어림도 없는 일이다. 예쁜 옷이며 곰돌이며 인형처럼, 여자 애들을 위한 낯간지럽고 바보 같고 우스꽝스러운 것들이 난 끔찍이도 싫었다. 내가 좋아하는 건 조립식 장난감과 기계와 게임기다. 사람마다 좋아하는 게 다른 걸 어쩌겠어.

"근데 난 어쩌다 사내아이가 되다 만 손녀딸을 갖게 되었는지 모르겠구나."

할머니는 한탄하셨다.

"할머니, 전 남자 애가 아니에요. 여자 애들 중에서도 꽤 괜찮은 애예요!"

할머니는 웃으면서 내 머리를 헝클었다.

"그래. 그 사이버 뭐냐, 그거나 보러 가자."

상점에서 나오면서 나는 할머니 목에 매달리며 안겼다.

"그래, 이제 기분 좋으냐?"

"할머니는 정말 멋져요!"

"그렇지만 그날까지는 이 모든 걸 잊어라. 깜짝 선물이 되어야 하니까."

"약속할게요."

할머니는 시계를 들여다보며 말했다.

"네 엄마가 널 찾으러 오기 전까지 설탕 과자를 만들려면 얼른 수선해야겠구나."

수선! 할머니 국어사전에 추가해야 할 단어가 하나 더 생겼다. 나는 할머니 기분을 거스르지 않으려고 속으로 쿡, 하고 웃었다. 그리고 우리는 팔짱을 끼고 떠났다. 할머니는 골목길에서 왼쪽으로 돌더니 다시 오른쪽으로 돌았다. 올 때 그 길로 온 것 같지가 않았다. 지름길인지도 모르겠다고 생각했다. 할머니는 잠깐 머뭇거리더니 자동차가 막 출발하는 순간에 길을 건너기 시작했다. 그러더니 갑자기 길 한가운데서 걸음을 되돌렸다. 눈 깜짝할 새 자동차 한 대가 우리를 향해 돌진하는 게 보였다. 나는 비명을 질렀다.

타이어가 끼이익 하는 소리가 났다. 아주 가까이서 뭔가 충돌하는 소리가 들렸고, 쇳소리와 유리 깨지는 소리가 잇달아 들렸다.

자동차 한 대가 우리 발 2센티미터 앞에서 멈춰 섰다. 자동차에서 내린 사람이 빨래처럼 새하얗게 질린 얼굴로 화가 잔뜩 나서 우리한테 소리를 질러 댔다. 그러는 동안 신호등이 빨간불로 바뀌는 바람에 다른 사람들도 네거리 한가운데에 오도 가도 못하고 꼼짝없이 서 있어야만 했다. 금세 길이 막혔다. 사방에서 자동차들이 경적을 울려 댔고, 스쿠터 한 대가 우리를 스칠 듯이 지나쳤으며, 경찰관이 다가왔다. 그런데도 할머니는 마치 이 모든 혼란에 아무런 책임이 없다는 듯이 가던 길을 계속 갔다. 할머니가 무슨 소린지 모를 두세 마디 말을 경찰관에게 중얼거리자, 경찰관은 손가락으로 미친 것 아니냐는 표시를 했다. 할머니는 인도 위로 올라서더니 벤치 앞에 멈춰 섰다.

"여기 있으면 되겠다."

할머니가 말했다.

얼음장처럼 차가운 바람이 큰길을 휩쓸고 있는데도 아랑곳하지 않고 할머니는 그 자리에 앉았고, 무릎 위에 가방을 올려놓고 입가에 미소를 띤 채 더 이상 꼼짝하지 않았다. 행인들이 우리 앞을 에워쌌지만 할머니는 눈으로 누군가를 찾기라도 하는 듯 사람들을 살폈다.

"할머니, 뭐 하세요?"

"리디를 기다린단다. 곧 올 텐데."

"리디가 누군데요?"

대답이 없었다.

"설탕 과자는 어떡해요? 조금 전에 집에 가야 한다고 하셨잖아요."

"먼저 리디를 기다려야 해. 리디가 이 혼잡한 곳에서 길을 잃으면 어쩌니."

'리디'에 대해서는 한 번도 들어 본 적이 없었다. 대로를 달리는 자동차들이 전조등을 켰고, 여기저기서 우산이 펼쳐졌다. 잔뜩 찌푸렸던 하늘에서 부슬비가 내리기 시작하니 뼛속까지 얼어붙는 것 같았다.

"할머니, 집에 가야 해요. 엄마가 우릴 기다릴 거예요……."

할머니는 이상한 표정으로 나를 쳐다보았다. 내가 옆에 있다는 걸 갑자기 발견한 것 같았다.

"리디가 혼자서 먼저 집에 갔을까? 저런, 어쩌면 네 생각이 맞는지도 모르겠구나. 얼른 가자꾸나!"

우리는 첫 번째로 도착한 전철을 탔다. 역들이 마구 지나갔다. 솔페리노, 세브르-바빌론, 렌느…… 몽파르나스 역에 도착하고서 나는 깜짝 놀랐다. 우리가 여기서 뭘 하고 있는 거지? 그곳은 할머니가 사는 동네가 아니었다. 할머니 동네는 정반대편에 있는 클리시 광장이었다.

"할머니, 전철을 잘못 탔어요."

우리는 허둥지둥 내렸다. 역은 사람들로 붐볐다. 나는 할머니 손을 꼭 쥐었다. 그리고 포르트 드 클리낭쿠르 방향을 향했다. 사방으로 난 출입구며, 이리 뛰고 저리 뛰고 허둥대며 밀쳐 대는 사람들, 갈아타는 곳이며 에스컬레이터가 꼭 개미집 같았다. 겁이 날 정도로 혼잡했다. 할머니는 마주치는 수백 명의 낯선 사람들에게 미소를 지으며 곧장 앞으로만 걸어 나갔다. 또다시 포르트 드 클리냥쿠르라는 안내판이 나왔다. 분명히 조금 전에 본 것과 똑같은 것이었다. 할머니가 너무도 이상해 나는 아무 말도 할 수가 없었다. 그런데 몇 분 뒤, 세 번째로 같은 곳을 지나게 되니 확신이 들었다. 우리는 제자리를 맴돌고 있었던 것이다. 갑자기 불안감이 뱃속에 똬리를 틀었다. 무슨 일이 일어나고 있는지 도무지 알 수가 없었다. 벌써 여섯 시 반! 엄마가 이미 우리를 기다리고 있을 게 틀림없었다. 몽롱하게 길 잃은 표정을 한 할머니는 다른 곳에 가 있는 것 같아 보였다. 할머니는 아무것도 모르는 것 같았다. 그저 혼잣말을 하듯 중얼거리고 있었다. 그런 상태의 할머니를 전에는 본 적이 없다. 나는 눈물을 글썽이며 할머니 팔을 붙잡고 흔들었다.

"할머니, 왜 그러세요? 왜 아무렇게나 행동하세요? 굉장히 늦었어요. 엄마가 걱정하시겠어요. 이제 가요."

"리디를 또 잃어버린 것 같구나……."

"할머니! 집에 가야 돼요!"

나는 소리를 질렀다. 사람들이 돌아다보았다. 지하철 지도를 이해해 보려고 애쓰는 동안 몸이 종잇장처럼 떨렸다. 진짜 미로였다.

다행히도 한 번만 타면 되었다. 생-드니-대학 방향을 타야 했다. 우리는 다시 지하 통로로 내려갔다. 나는 할머니 손을 놓지 않았다. 이번에는 내가 안내를 했다. 할머니는 마치 지하철을 처음 타는 양 주변을 살피면서 나를 따라왔다. 이따금 할머니가 중얼거리는 소리가 들렸다.

"리디는? 사랑하는 리디는 어떻게 되었지?"

밖으로 나왔을 때는 이미 어두컴컴했다. 낯익은 광장을 보니 안도의 한숨이 나왔다. 엄마의 자동차가 건물 앞에 세워져 있었다. 엄마는 아파트 안에서 기다리는 모양이었다. 이제 가장 어려운 일은 엄마에게 이 믿기 힘든 이야기를 설명하는 것이었다. 열쇠 돌아가는 소리를 듣고서 엄마가 달려 나왔다.

"왜 이렇게 늦었니! 걱정했잖아."

"그게 그러니까……"

그 순간 내 눈은 할머니의 눈과 마주쳤다. 어느새 보통 때의 눈길을 되찾은 할머니가 내 손을 힘껏 쥐었다. 무슨 뜻인지 바로 알 수 있었다. 엄마에게 아무 말도 하지 말라는 것이다. 나는 평소의 할머니 모습을 되찾은 것이 너무도 기쁜 나머지 거짓말을 술술 지어냈다.

"엄마, 정말 재미있었어요. 시간 가는 줄을 몰랐어요. 이 상점 저 상점 돌아다니다가 밖으로 나와 보니 깜깜하지 뭐예요!"

"설탕 과자도 안 만들고 하루를 보냈단 말이야? 믿을 수가 없네."

엄마는 할머니에게 인사를 하고 밖으로 나갔다. 내가 인사를 할 때 할머니는 나를 꼭 안으며 나지막이 말했다.

"안나야, 미안하구나……."

할머니는 말없이 울고 계셨다. 화장한 얼굴 위로 눈물이 흘러내렸다.

집에 도착하자마자 전화가 울렸다. 아빠였다. 오늘 저녁 연구실에서 실험이 있으니, '최대한 빨리 오려고 애쓸 거라고 꼭 엄마한테 전해 달라'는 거였다. 늘 하는 소리다. 아빠는 그 소리를 한 달에 대여섯 번씩은 써먹었다. 최대한 빨리 온다고 하지만 또 밤 열두 시를 넘길 것이다.

그놈의 실험을 왜 일찍 시작하지 않는지 모르겠다!

이렇게 되면 오늘 저녁은 '맘대로 먹는 날'이다. 엄마랑 나는 냉장고에 남아 있는 것들을 몽땅 꺼냈다. 발라 먹는 초콜릿, 잼, 마요네즈…… 그러곤 각자 자기 먹을 걸 만들었다. 나는 실험 삼아 햄-초콜릿 햄버거를 만들어 보았다.

"엄마…… 리디가 누구예요?"

엄마는 채 썬 당근을 포크로 집어 접시에 조심스레 내려놓으며 말했다.

"리디? 할머니 동생 말이니?"

"할머니한테 동생이 있었어요? 난 몰랐는데. 그런데 왜 한 번도 본 적이 없어요?"

"아주 오래 전에 돌아가셨단다. 아주 어려서. 나도 본 적이 없어."

"뭣 때문에 돌아가셨어요?"

"어처구니없는 사고 때문이었지. 할머니 부모님은 샹피니에 집을 한 채 가지고 있었어. 리디는 그 정원 연못에 빠져 죽었대."

"몇 살이었는데요?"

"정확히 모르겠지만…… 다섯 살쯤 되었을 거야. 할머니는 여덟 살쯤 되었고."

나는 햄을 넣고 초콜릿을 바른 햄버거를 한 입 베어 먹었다. 아주 나쁘진 않았다. 그보다 더한 것도 맛보았으니까.

"할머니한테는 참 슬픈 일이었겠어요."

엄마가 고개를 끄덕였다.

"그래. 네 말대로…… 슬픈 일이었지. 어려서 큰 충격이 되었나 봐. 시간이 지나도 말해서는 안 될 비밀처럼 남아 있으니. 나도 한참 후에야 이 이야기를 알게 되었어. 그러고 보니 할머니가 너한테 그런 얘기를 했다니 놀랍구나. 뭐라고 하던?"

"뭐, 거의 아무 얘기도 안 하셨어요. 그냥 이름만 말했어요……."

"무슨 일이냐고 안 물어봤어?"

"어…… 아뇨. 딴생각을 하느라고요……. 그리고 할머니도 딴생각을 하시는 것 같았어요."

엄마는 이상하다는 듯이 나를 쳐다보았지만 더는 아무 말도 하지 않았다.

솔직히 초콜릿 햄버거는 도무지 먹을 수 없었다.

12월 6일 화요일

할머니가 지하철에서 또 길을 잃었다. 이번에는 혼자서. 할머니는 아무것도 기억하지 못했다. 무슨 일을 했으며 어디를 갔는지조차 기억하지 못했다. 밤이 내리고 매서운 추위가 찾아왔을 때 할머니는 벤치에 앉아 있었다. 할머니 주위로 사람들이 본체만체 지나갔다. 할머니가 한 행인에게 여기가 어디냐고 물었을 때 그 남자는 대답도 없이 그냥 지나쳐 갔다. 할머니는 길 잃은 꼬마 아이처럼 울면서 집으로 돌아왔다. 이 사실을 아는 건 나뿐이다.

둘이서 손에 설탕 과자를 하나씩 들고 소파에 나란히 누웠을 때 할머니가 나한테 얘기해 주었다.

2년 전부터 할머니는 종종 뭔가를 잘 잊는다는 걸 깨달았다. 그렇지만 대수롭지 않은 일이었다. 시장을 가면서 집에다 시장바구니를 놓고 간다거나, 안경을 어디다 두고서 몇 시간을 찾아 헤맨다거나 건물 관리인 이름이 생각나지 않는 정도였다.

"처음엔 별로 신경 쓰지 않았지. 안경을 잃어버리는 사람은 많으니까. 그러다 어느 날 집으로 돌아왔는데 뭔가 타는 냄새가 심하게 나는 거야. 냄비를 올려놓고 깜빡했지 뭐니. 물은 이미 다 증발했고, 시뻘겋게 탄 냄비는 손잡이가 녹고 있었어. 몇 분만 더 늦었더라면 아파트를 몽땅 태울 뻔했지 뭐니!"

"그날은 정신을 딴 데 두고 계셨나 보죠."

"그래, 물론…… 그렇게들 말하지. 하지만 이제는 일주일이 멀다 하고 뭔가를 잃어버린단다. 어떤 때는 전날 한 일도 기억해 낼 수가 없어. 하나도 생각이 안 나 캄캄하지 뭐니! 또 어떤 날은 우체국에서 뭘 부치는데 집 주소가 기억나지 않는 거야. 우리 집 주소 말이다. 여기 산 지가 이십이 년이나 되었는데. 모든 게 지워져 버린 것처럼 말이다……. 오늘 이렇게 너랑 같이 하루를 보낸 사실조차 내일 기억이 안 날지도 몰라."

"건망증이 좀 있으신 것뿐이에요."

"건망증이라면 엄청난 건망증이지……."

"치즈에 난 구멍 같은 건가 봐요."

할머니는 거의 울 것 같은 표정으로 씁쓸한 미소를 지으며 고개를 끄덕였다. 나는 덧붙여 말했다.

"그렇지만 사람들이 치즈를 좋아하는 건 그 구멍 때문이잖아요! 작년에 학교 선생님이 몇 번이나 얘기해 주셨는데요, 기억은 근육 같은 거래요. 계속 쓰지 않으면 작동을 안 한대요."

"그렇게 말씀하셨니……. 내가 학교 다닐 때 들라뢴 선생님도 똑같은 얘기를 하셨던 것 같은데."

"거봐요, 기억하시잖아요……. 머리 운동을 하시면 어떨까요? 할머니는 뇌 운동선수가 되고, 나는 코치가 되는 거예요."

할머니는 한숨을 쉬더니 웃으며 내 뺨에다 뽀뽀를 했다. 향수 냄새와 설탕 과자 냄새가 섞여서 났다.

"내 귀여운 안나, 네가 있어서 얼마나 행복한지 몰라. 머리 운동은 어떻게 하면 되겠니? 시 외우기?"

나는 코를 찡그렸다.

"에이…… 시는 대개 슬퍼요. 요즘 우리 선생님이 슬픈 시로 우리를 얼마나 지루하게 만들고 있는지 몰라요. 들어 보세요."

나 죽을 때,

꺼져 가는 내 영혼은

아름답고 구슬픈 소리를 낸다.

"할머니는 이게 재미있어요?"

"멋지지만, 그래 네 말이 맞아. 지금 나한테는 좀 더…… 즐거운 뭔가가 필요해."

설탕 과자를 빨아 먹으면서 우리는 말없이 할머니 말대로 '좀 더 즐거운' 생각을 찾으려고 고심했다.

"이거예요, 할머니. 찾았어요!"

우리는 문이 열리는 소리를 듣지 못했다. 엄마가 들어와서 놀란 표정으로 우리를 쳐다보고 있는 것도 모르고 있었.

할머니는 장롱 깊숙이 넣어 두고 까맣게 잊고 있었던, 밑단 장식이 달린 보라색 긴 치마를 입고 있었고, 머리에는 스카프를 쓰고, 귀에는 커다란 귀고리를 달고 있었다. 금색 모조품인데 찰랑거리는 소리가 많이 나는 귀고리였다. 우리는 이웃은 개의치 않고 음악을 크게 틀어 놓은 채 고래고래 소리 지르며 '파리의 노트르담' 노래를 부르고 있었다.

> 내 눈길은 그녀의 집시 치마에 이끌렸지
> 성모 마리아께 기도 드린들 무슨 소용일까
> 제일 먼저 돌을 던질 자 누구일까?
> 이 땅에 태어나지 말았어야 할 나에게……

"아니, 두 사람 다 정신이 있는 거예요 없는 거예요? 길에서도 다 들려요."

"엄마, 그냥 치즈 구멍을 막으려는 것뿐이에요!"

이 말에 할머니와 나는 웃음을 터뜨렸다.

12월 9일 토요일

아름다운 그대,
악마가 그대의 모습을 하고 있는 건가요
영원하신 하느님으로부터 내 눈길을 돌리려고……

할머니는 노래를 부르다 말고 팔을 든 채 넋 나간 표정으로 멈췄다.
"할머니, 왜 그러세요?"
"잊어버렸어……."
"어제까지도 외우셨잖아요."
"그럴 수도 있지. 어제는 어제였고, 오늘은 달라! 봐. 아무것도 생각 안 나. 한 마디도."

"괜찮아요. 다시 시작해요."

"아냐, 그만둬! 그렇잖아도 이런 치마를 입은 꼴이 우습기만 해. 내 나이에 이런 차림을 하고 있다니 이게 무슨 꼴이니."

"할머니, 매일 연습하겠다고 약속하셨잖아요. 음악을 다시 처음부터 틀게요."

아름다운 그대,
악마가 그대의 모습을 하고 있는 건가요……

할머니의 목소리가 살짝 떨렸다. 훌륭한 코치답게 나는 할머니에게 용기를 북돋우고, 엄지를 높이 치켜세웠다.

"멋져요, 할머니! 이번에는 잘하실 거예요."

영원하신 하느님으로부터 내 눈길을 돌리려고……

구멍이 생겼다. 텅 빈 구멍이었다. 디스크는 혼자서 돌아갔다.

"빌어먹을, 이젠 정말 끝이야."

할머니가 스카프를 바닥에 집어던지며 화를 벌컥 냈다.

"거봐, 우리는 시간 낭비를 하고 있어. 하늘 종일 이 따위 노래나 되풀이하고 있으려니 지긋지긋해. 네 나이 아이들에게나 맞는 거지, 나한테는…… 난 어쨌건……"

할머니는 입술을 깨물고 욕실로 사라졌다. 물 흐르는 소리가 들렸다. 할머니가 다시 나왔을 때는 평소처럼 옷을 입고 있었고 애매하고 씁쓸한 미소를 짓고 있었다. 나는 할머니를 끌어안으며 말했다.

"할머니, 걱정 마세요. 괜찮아요. 나중에 기억이 되살아날 거예요."

"그래…… 나중에."

12월 25일 월요일

천장까지 닿는 크리스마스 트리가 반짝이 장식으로 뒤덮인 채 휘황찬란하게 번쩍였다. 그리고 조아생이 새 여자 친구 록산과 함께 와 있었다.

조아생은 나의 오빠다. 정확히 말하자면…… '반만' 오빠다. 그런데 난 이 '반'이라는 말을 좋아하지 않는다. 오빠와 나는 꼭 닮았는데 어째서 우리가 반밖에 남매가 될 수 없는지 모르겠다. 그러니까 조아생은 엄마의 아들이다. 나보다 나이가 많고, 여기서 수천 킬로미터 떨어진 캐나다에 살고 있다. 그래서 우리가 만난다는 건 명절이 되었다는 얘기다.

집에는 온통 촛불이 켜져 있고 향긋한 냄새가 넘쳐 났다. 초 냄새, 송진 냄새, 오븐 속에서 구워지고 있는 칠면조 냄새.

부엌에서는 아빠가 투덜거리면서 뭔가를 치고 부딪치기도 하고 중얼거리고 있다. 굴을 제대로 못 까고 있는 것이다. 매년 우리는 똑같은 장면을 봐야 했다. 대개 아빠는 그러다 어느 순간 손을 베고 만다. 삼 년 전에는 결국 병원 신세를 지고 말았다. 엄마는 좀 바꿔서 바다가재를 먹으면 어떻겠냐고 제안했지만 아빠는 들으려고도 하지 않았다.

"크리스마스는 크리스마스야! 밤 넣은 칠면조와 굴을 먹어야 해. 전통은 지켜야지, 그러지 않으면 나중에 햄버거와 코카콜라를 앞에 두고 명절을 보내게 될 거야."

엄마는 화장을 하고 있었고, 나는 조아생과 록산과 함께 얘기를 나눴다. 록산은 말투도 내 마음에 쏙 들고 재미난 얘기도 많이 했다.

할머니가 여배우처럼 화장하고 차려입고서 활짝 웃으며 선물을 잔뜩 안고 오셨다.

크리스마스 트리의 아랫부분은 선물 상자의 반짝이는 포장지와 리본으로 뒤덮여 보이지도 않았다.

"누가 먼저 선물을 풀까? 안나가 먼저 할까?"

엄마가 물었다.

"이의 있어요."

조아생이 반대하고 나섰다.

"늘 어린 사람이 먼저 시작할 이유가 없어요. 이번엔 나이 드신 분들께 양보해요. 올해는 할머니가 제일 먼저 풀고 안나가 제일 나중에 하기로 해요."

"나도 찬성."

부엌에서 아빠가 말했다.

"나를 기다리지는 마라. 아직 굴 열두어 개는 더 까야 하니까."

할머니가 첫 번째 선물을 집어 들었다. 내 선물이었다. 할머니는 무게를 재 보았다.

"오, 꽤 무거워 보이는걸."

할머니는 포장을 벗기고 살피더니 약간 어리둥절한 표정으로 나를 쳐다보았다. 그러다 마침내 그게 무엇인지 알고는 나를 꼭 안았다.

"내 어여쁜 손녀딸……."

조아셍이 할머니 손에서 선물을 조심스레 빼앗아 사방으로 돌려 보며 말했지요.

"이게 뭐야?"

"치즈 퍼즐."

"치즈 퍼즐이라니?"

"어휴! 캐나다에서는 치즈 퍼즐도 몰라? 치즈-퍼즐!"

"치즈 퍼즐이라…… 와! 정말 별게 다 있네!"

"그럼. 이거, 도자기 교실에서 내가 만들었어. 구멍이 잔뜩 난 치즈 조각이야. 큰 구멍, 작은 구멍, 중간짜리 구멍. 이건 구멍을 제자리에 맞추는 놀이야."

"또 치즈 얘기냐!"

엄마가 외쳤다.

"두 사람은 대체 치즈로 뭘 하는 거예요?"

할머니가 내게 살짝 윙크를 했다.

이번 크리스마스의 첫 번째 신기록은 아빠가 손을 다치지 않고 굴을 몽땅 깠다는 것이다.

두 번째 신기록은 내가 굴을 하나 맛보았다는 것이다.

굴은 먹을 때도 살아 있는 것 같았다. 게다가 어디선가 읽었는데 굴은 우리가 삼키고 나서도 위 속에서 몇 분 동안 꿈틀거린다고 한다. 웩! 그리고 이 말은 꼭 해야겠다. 굴은 꼭 거대한 콧물 같다. 그런데 할머니는 엄청 좋아하신다.

나는 할머니를 곁눈으로 살폈다. 할머니는 굴에 레몬즙을 살짝 뿌리고는 포도주를 한 잔 마셨다. 그러는 동안 아빠는 굴을 자동으로 까는 계획을 설명했다.

"그러니까……"

얘기하면서 아빠는 굴 하나를 삼켰다. 후룩!

"캔 여는 것처럼 작동하는 거야. 손잡이만 당기면 껍질이 까지는 거지."

 아무도 아빠의 말을 듣고 있지 않았다. 모두가 굴에다 코를 박고 있었다. 굴을 처음 맛보는 록산까지도 그랬다. 그다지 좋아하는 것 같지는 않았지만……

 "리디가 말 위에 누웠어."

 할머니가 갑자기 중얼거렸는데, 너무도 낮게 말해서 나 말고는 들은 사람이 없었다. 나는 깜짝 놀라 할머니를 향해 눈을 들었다. 할머니는 지난번 전철에서 보였던 것과 같은 눈을 하고서 마치 처음 보는 듯이 록산을 뚫어져라 쳐다보고 있었다.

 자기를 뚫어져라 쳐다보는 눈길을 느꼈는지 록산이 고개를 들었다. 거북한지 록산은 살짝 웃으며 눈길을 돌렸다. 하지만 할머니는 여전히 시선을 떼지 않았다.

 "후룩!"

 조아셍이 굴을 삼키는 소리였다. 그 뒤를 잇는 침묵은 정말 거북했다.

 엄마도 뭔가 이상한 일이 일어나고 있다는 걸 느낀 모양이었다. 들고 있던 굴을 접시에 내려놓고 할머니를 쳐다보았다.

 "엄마…… 엄마!"

 할머니는 밀치다시피 엄마를 거칠게 밀고 일어서다가 접시를 떨어뜨렸다.

"리디, 내 동생 리디……"

할머니는 록산에게 달려가서 두 팔로 감싸안았다.

"나의 귀여운 리디, 나만 혼자 남겨 두고 그렇게 떠나면 어떡해. 숨어 있었구나! 장난꾸러기! 엄마 아빠에게는 말을 했어야지. 얼마나 걱정하셨는데. 그렇지만 이제 다시 돌아왔으니 됐어……. 정말 기뻐."

모두가 일어섰다. 록산은 얼굴이 새빨개진 채 목을 휘감은 할머니의 팔을 풀려고 애썼다. 조아셍이 도와주려고 억지로 할머니 팔을 풀려고 했다. 할머니는 믿기지 않을 정도로 힘이 세서 두 사람은 마치 싸우는 것만 같았다.

"이러지 마세요. 할머니, 그만 하세요!"

"엄마, 왜 그러세요? 안 보이세요? 그 애는……"

할머니는 벌떡 일어서더니 조아셍을 거칠게 밀쳤다.

"이보세요, 부인. 그런 말로 날 속일 생각 마세요! 그리고 무엇보다 이건 가족 간의 문제예요. 당신하고는 아무 상관없어요. 그러니 날 가만히 내버려두고 당신 집에서나 때리라구요!"

할머니가 갑자기 흐느끼며 쓰러지셨다.

"왜, 왜 당신들 모두 똘똘 뭉쳐서 우리한테 그러는 거예요? 리디야, 우리 어렸을 때처럼 이 사람들이 우리를 또 떼어 놓으려 하고 있어. 생각나지? 이 사람들은 우리한테 계속 거짓말을 했어."

할머니는 손등으로 눈물을 닦고 조아생 쪽으로 돌아다보았다. 화장이 시커멓게 번져서 할머니 얼굴이 흉했다. 할머니가 갑자기 흉하고 달라 보여서 나는 소리 지르지 않으려고 주먹을 꽉 쥐었다.

"그리고 거기 아저씨, 당신은 나한테 진실을 다림질했으니 부끄러운 줄 아셔야 해요. 리디가 물에 빠져 죽은 게 아니라는 걸 당신은 잘 알고 있었지요. 다른 아이들처럼 그냥 놀고 있었던 것뿐이었죠. 그런데 왜 아무 말도 안 하셨어요? 이번에 또 그러면 가만있지 않을 거예요. 그치, 리디야! 사랑하는 내 동생 리디야……."

할머니는 꼬마 아이처럼 의자 위에 털썩 주저앉더니 두 손으로 얼굴을 감쌌다. 록산은 조아생 뒤로 숨었다. 엄마 아빠는 어쩔 줄 모른 채 서로를 쳐다보기만 했다. 아무도 감히 움직일 생각을 하지 못했다. 누구도 뭐라 해야 할지 몰랐다. 할머니의 어깨가 들썩이는 바람에 커다란 귀고리가 짤랑거렸다. 그러더니 할머니는 가련한 신음소리를 내며 웅크렸다. 할머니가 아파하는 모습에 나는 마비가 되어 제대로 숨을 쉬지 못하는 강아지처럼 헐떡였다. 이제 막 내 가슴속에 구덩이가 패인 것 같은 느낌이 들었다. 그 구덩이는 텅 비고 너무도 깊어서 커다란 펌프가 속에서 나를 빨아들일 것만 같았다. 나는 눈을 질끈 감았다. 아무것도 보고 싶지 않았다. 이 순간이 존재하지 않았으면 싶었다.

마침내 엄마가 하얗게 질린 얼굴로 다가가서 할머니의 머리 위에 손을 살포시 얹었다. 엄마의 목소리는 떨리고 있었다.

"이리 와요, 엄마. 좀 쉬시는 게 좋겠어요."

할머니는 고분고분 노인 걸음으로 엄마를 따라갔다. 엄마는 할머니의 얼굴을 닦아 주고, 내 침대 위, 레고와 사이버마스터 사이에 할머니가 눕는 걸 도왔다. 그러곤 눈물이 가득 고인 눈을 하고 조용히 문을 닫고 나왔다.

"의사를 불러야 할 것 같은데."

"아니야."

아빠가 힘주어 말했다.

"그냥 피곤해서 그러신 걸 거야. 곧 지나갈 거야……. 할머니는 조금 있다 후식 먹을 시간에 다시 자리를 함께 하실 거야. 그동안 난 오븐에서 칠면조를 꺼내 와야겠어."

칠면조는 새까맣게 타 버렸다. 꼭 석탄 같았다.

어쨌건 아무도 배가 고프지 않았다. 크리스마스 트리만이 구석에서 바보처럼 깜빡이고 있었다.

캄캄해졌는데도 누구 한 사람 불 켤 생각을 하지 못하고 있었다. 방문 열리는 소리에 모두가 소스라치게 놀랐다. 할머니가 거실로 불쑥 나타나더니 찌푸린 눈으로 우리를 한 사람씩 번갈아 쳐다보며 말했다.

"내가 왜 안나의 침대에 있었는지 누가 설명 좀 해 주겠어?"

할머니가 너무도 놀란 표정이어서 모두가 웃었다. 엄마까지도 웃었다. 하지만 웃을 마음은 전혀 없었다.

할머니는 아무것도 기억하지 못했다.

이날 밤, 할머니는 우리 집에 남아 내 방에서 잠을 자기로 했다.

내 곁에 누운 채 어둠 속에서 할머니는 자꾸만 뒤척였다.

"미친 할망구! 이게 내 모습이야. 내가 모든 걸 망쳤어."

할머니가 투덜거렸다.

"할머니, 그만 하세요. 그게 사실이 아니라는 걸 할머니도 잘 아시잖아요. 할머니는 멋진 할머니세요."

"완전히 망가진 할망구지."

"그런 말 하지 마세요."

"머리가 돌았어. 미친 할망구야!"

"사실이 아니에요."

"맛이 간 미치광이 할망구야. 양로원에나 가야 해!"

어둠 속에서 나는 할머니 손을 잡았다. 쭈글쭈글한 할머니의 피부가 느껴졌다. 손가락 끝으로 나는 할머니의 불거진 핏줄을 따라갔다.

"있잖아요, 할머니. 나한테 동생이 있는데 할머니 동생처럼 죽었다면 나도 계속 생각했을 거예요. 그리고 늘 동생에게 말을 했을 거구요……. 좋아하는 사람들과 얘기를 나누면 위로가 되잖아요. 이름만 불러도 좋잖아요. 특히나 좋아하는 사람들이 죽었을 때는 그들에게 이런저런 이야기를 계속할 수 있다고 생각해요."

"그래. 그러면 위로가 되지."

할머니가 중얼거렸다.

"할머니가 동생 생각을 너무 많이 해서 진짜로 믿게 되었나 봐요. 나도 이야기를 지어낼 때는 그래요. 너무 사실 같아서 진짜 세상이 꿈을 닮은 것 같은 느낌이 들 때가 있어요. 모든 게 뒤바뀐 것처럼 말이에요."

할머니는 한동안 아무 말이 없었다. 나는 할머니의 고르지만 무거운 숨소리를 듣고 있었다. 할머니는 잠이 드신 것 같았다. 그러다 잠시 후 나지막하게 할머니가 다시 말했다.

"안나야, 난 겁이 나는구나."

"뭐가 겁나세요?"

"정신을 잃을까 봐."

"그러면 할머니 안경처럼 하면 되잖아요. 다시 찾으면 돼요."

그다지 똑똑한 대답은 아니었지만 달리 할 말을 찾을 수가 없었다. 할머니가 내게 비밀을 털어놓은 이후로 나는 할머니가 점점 더 자주 횡설수설한다는 걸 알게 되었다. 하지만 지금까지는 우리

끼리만 아는 비밀이었는데 오늘은 모두가 보는 앞에서 비밀이 드러나 버렸다……. 할머니가 한숨을 내쉬었다. 아니 어쩌면 가벼운 웃음이었는지도 모르겠다.

한밤중에 멀리서 경찰 사이렌 소리가 울렸다. 사이렌 소리는 점점 가깝게 들리더니, 덧문 너머로 파란 불빛을 비추고는 재빨리 멀어져 갔다.

1월 2일 화요일

 엄마는 할머니가 의사를 만나 보기를 원했지만, 할머니는 그런 소리를 들으려고도 하지 않았다.
 "너 무슨 생각 하는 거야? 내가 미쳐 간다고 생각하니? 그런 거라면 당장 말해라!"
 엄마는 한숨을 내쉬며 할머니 손을 잡고 말했다.
 "그게 아니라는 거 잘 아시잖아요. 그렇지만 엄마의 건망증을 치료할 방법이 있을지도 몰라요……. 엄마가 피곤해서 그런…… 그러니까…… 뭐라고 말해야 할지 모르겠지만 엄마가 최근에 겪고 있는 불편한 일들 말이에요."
 "내가 걸린 병은 말이다, 그냥 '노화'라는 병이야."

할머니가 어깨를 으쓱하며 말했다.

"그러니 내 말을 믿어라. 약으로 나을 병이 아니야."

"엄마도 모르고, 저도 몰라요. 신경과 전문의를 아주 잘 아는 친구가 있어요. 이런 문제의 전문가예요. 어쩌면 엄마를 위해 약속을 잡을 수 있을지도 모르겠어요. 그냥 검사만 해 봐요."

"그런 검사는 너나 가서 받아라!"

할머니는 외투를 걸치고 문을 꽝 닫고는 떠나셨다.

사전은 굴이나 마찬가지다. 열기도 어렵고 손이 잘 가지 않으니까. 예전에 국어 선생님이 우리에게 마구 뒤섞인 낱말들을 주고는 가나다순으로 정리하라고 한 적이 있다. 가격, 가결, 가경, 가게…… 이런 식으로 낱말들을 줄 세우는 것이었다. 아주 재미있었다. 그런데 그것이 때로는 유용하게 쓰이기도 한다는 걸 인정해야 할 것 같다.

신…… 신경…… 신경과 전문의. 신경학 분야의 전문 의사.

이게 무슨 소리야! 더 알아듣기 쉬운 설명은 생각하지 못한 모양이지. 사전을 쓰는 사람들은 엄청 똑똑한 사람들일 텐데 말이야. 좋아, 용기를 가져……. 나는 몇 줄을 더 올라갔다.

신경학. 신경계 질환을 다루는 의학 분야.

이번에는 나도 동의했다. 나도 얼마 전부터 할머니가 이상하게 신경이 날카롭다고 생각했으니까.

2월 28일 수요일

눈이 내렸다. 보통 때 파리에 내리는 초라한 눈송이가 아니었다. 자동차 앞 유리와 지붕과 창가에 쌓이는 굵은 눈송이였다. 클리시 광장이 결혼이라도 하는 것 같았다.

"할머니, 저것 좀 보세요. 정말 예뻐요……"

아무 대답이 없었다. 할머니가 부엌에 있어 내 말을 못 듣는 모양이었다.

나는 창문에 코를 대고 있었다. 눈은 신기한 마법 같다. 우리가 세상에서 가장 지저분한 동네에 살더라도 눈만 조금 내리면 산 속처럼 아름답게 변하니까. 이따금 참새 한 마리가 창가에 와 앉아 부르르 눈을 털고는 할머니가 창문에 매달아 둔 작은 비계 덩어리를 쪼다가 재빨리 달아났다. 내가 그 참새라면 눈송이를 받아먹기 위해 입을 크게 벌리고 하루 종일 눈송이 사이를 날아다닐 것이다.

갑자기 아파트 안이 무척 춥다고 느껴졌다. 나는 뒤를 돌아다보았다. 현관문이 활짝 열려 있었다. 부엌 수도꼭지에서는 물이 콸콸 흐르고 있었다.

"할머니! 할머니, 거기 계세요?"

아파트를 한 바퀴 돌고서 나는 확실히 알았다. 할머니가 집에 없다는 걸!

어쩌면 빵을 사러 내려갔는지도 몰랐다. 아니면 설탕을 사러 갔거나……. 그렇지만 아무 말도 하지 않고 가다니 이상했다. 평소에 추위를 많이 타는 분이 문을 닫지 않은 것도 이상했다. 창문을 열어 보았다. 얼음장 같은 바람이 집 안으로 몰려들어왔다. 난간 너머로 몸을 기울이고 내려다보았다. 눈 때문에 모든 게 희미했다. 잘 보이진 않았지만 아래쪽에서 서둘러 걷고 있는 작은 형체들 가운데 할머니를 닮은 형체는 없었다.

서둘러 계단을 내려가서 관리인 아주머니의 창문을 두드렸다.

"죄송하지만 우리 할머니 못 보셨어요?"

"다림질을 하느라 못 봤어. 무슨 일이냐?"

"아무것도 아니에요. 괜찮아요."

나는 마구 내달렸다. 바깥세상은 난리가 나 있었다. 눈 덮인 클리시 광장은 엄청난 교통 혼잡으로 꽉 막혀 있었다. 자동차들, 버스들, 스쿠터들, 배달꾼들, 택시들이 넘쳐 났다. 모두들 막혀서 꼼짝 못하고, 경적을 울리고, 고함을 질러 댔다. 명절 분위기가 물씬 났다. 나는 차들 사이로 요리조리 빠져나가며 길을 아무렇게나 가로질렀다. 엄마가 나를 봤더라면 엄청 화를 내셨을 것이다. 나는 빵집으로 들어가 줄 서 있는 사람들 앞으로 가서 물었어요.

"죄송하지만 우리 할머니 못 보셨어요?"

"하얀 머리를 단정하게 빗어 올린 할머니 말이냐?"

"네, 다녀가셨어요?"

빵집 아주머니는 고개를 저었다.

길모퉁이의 야채 가게 아저씨도 할머니를 못 보았다고 했다.

나는 사방팔방으로 뛰었다. 벤치마다 살펴보아도 아무도 없었다. 신문 가게에도 아무도 없었다. 할머니는 감쪽같이 사라져 버렸다. 갑자기 한 가지가 떠올랐다. 만약에 할머니가 집에 돌아오셨다면 아파트가 빈 걸 보고서 무척 걱정하실 텐데. 난 바보야!

나는 달려갔다. 엘리베이터가 작동 중이었다. 왠지 할머니가 그 안에 타고 있을 것만 같았다. 분명해! 나는 계단을 네 개씩 건너뛰어 엘리베이터 문이 열릴 시간에 맞게 도착했다. 짜잔! 엘리베이터에 탄 사람은 맞은편에 사는 이웃인 미하일로빅 아주머니였다.

"어이구! 조심해, 안나야! 무슨 일이니?"

"혹시 못 보셨어요?"

"못 보다니 무얼?"

"아니에요……. 아무것도 아니에요! 죄송해요."

나는 아파트 안으로 뛰어 들어갔다. 할머니는 안 계셨다. 내가 창문도 열어 두고, 문도 닫지 않아 집 안은 북극처럼 추웠다. 양탄자는 반쯤 눈으로 덮여 있었지만 그런 건 전혀 중요치 않았다. 나는 덜덜 떨며 난로 가까이 다가가서 눈을 감았다. 할머니는 이제 곧 오실 거야. 잠깐 뭘 사러 가신 것뿐이야. 그다지 믿기진 않았지만 나는 그렇게 믿으려고 애썼다. 할머니가 나한테 얘기하지 않고 떠나는 법은 없었으니까. 그건 전혀 할머니답지 않은 행동이었다.

오후 3시 15분

할머니가 사라진 지 2시간이나 지났다. 나는 다시 아래로 내려갔다. 이리저리 닥치는 대로 사방을 살폈다. 그러곤 엉엉 울었다.

결국 엄마 사무실로 전화를 걸기로 마음먹었다. 451번 대 주세요.

"안나야, 끊지 마라. 엄마가 지금 통화 중이시니까."

교환수 아주머니는 내게 형편없는 음악을 들려주었다. 나는 심장까지 얼어붙어 이가 딱딱 부딪쳤다. 또 울음이 쏟아질 것만 같았다.

6시 07분

펑펑 내리는 눈 때문에 엄마는 3시간이나 걸려 도착했다. 파리 전체가 꽉 막혀 있었던 것이다. 아빠에게도 알렸지만 늘 그렇듯이 아빠는 실험실에서 실험을 하고 있어서 올 수가 없다고 했다.

할머니는 여전히 소식이 없었다.

엄마는 아파트 안에서 뱅뱅 돌며 똑같은 말만 되풀이했다.

"어쩌지? 어떻게 해야 하지?"

우리는 불을 켜는 것도 잊고 있었다. 바깥은 새하얗게 변했고 무척이나 추웠다.

7시 30분

경찰서에서 할머니 얘기를 했지만 경찰관들은 그다지 놀라는 것 같지 않았다.

뚱뚱한 경찰관이 중얼거렸다.

"연세가 예순아홉이면 어린애가 아니잖아요. 딸도 아닌데 뭘 그러시나!"

9시 20분

아빠가 수탉처럼 새빨갛고 숨찬 모습으로 할머니 집에 도착했다. 아빠는 길이 막혀서 어딘지도 모르는 곳에 차를 버려두고 여기까지 달려 왔다고 했다. 엄마와 아빠는 거의 말이 없었다. 나는 아빠랑 집으로 돌아가고, 엄마는 할머니 집에 남기로 했다. 혹시 모르니까…….

할머니가 사라진 지 벌써 8시간째였다.

3월 1일 목요일

"안 돼! 고집부리지 마라. 평소처럼 학교에 가거라. 여기서 기다려 봤자 아무 소용없어."

울어서 눈이 시뻘건 나는 밤새 잠을 자지 못했다. 오늘 아침 아주 일찍 엄마가 전화를 했다. 할머니는 아직 돌아오지 않았다. 엄마가 병원들을 다 돌아보았지만 할머니를 닮은 노인은 전혀 없었다고 한다. 엄마는 조금 있다가 경찰서로 가 볼 생각이라고 했다. 아빠는 심각한 일이 전혀 없다는 듯이 커피를 마시고 있었다. 신경도 안 쓰는 것 같아 보였다. 나는 내 잔을 아빠 얼굴에 던지고 싶었다.

"학교에 가 봤자 공부도 못할 거예요. 할머니 생각밖에 안 날 거예요. 그러니 학교 가 봤자 아무 소용없어요!"

"안나야, 그러지 마. 넌 학교 가야 해! 내 말 들어!"

아빠가 주먹으로 식탁을 치는 바람에 커피 잔이 바닥에 떨어졌다. 잘됐지 뭐야. 아빠가 화내는 건 너무도 드문 일이라 나는 한참 아무 말도 못하고 가만히 있었다. 그러다 울음을 터뜨리고 말았다.

아빠는 나를 안고 머리를 쓰다듬으며 말했다.

"미안하다, 안나야. 우리 모두가 이 일로 신경이 날카로워져 있나 봐."

아빠는 행주로 커피 자국을 닦았다.

"이 꼴이 뭐람."

커피 얼룩이 진 낡은 청바지를 보며 아빠가 한탄했다.

나는 울면서 웃었다.

"이제 아빠가 양복을 입은 걸 보게 되겠네요."

국어 시간. 아무 소리도 들리지 않았다.

수학 시간. 하나도 이해하지 못했다.

영어 시간. 아무 흥미가 없었다.

푸들처럼 머리가 뽀글뽀글한 라마르슈 선생님의 수업 방식은 우리에게 처음부터 끝까지 영어로 말하는 것이다. 우리가 전혀 알아듣지 못해도 말이다. 선생님은 3초 만에 내가 딴생각을 하고 있다는 걸 알아차렸다.

"Anna, what's the matter? Why don't you listen? (안나, 무슨 일이야? 왜 안 듣고 있는 거지?)"

나는 더 이상 견딜 수가 없었다. 결국 바깥으로 뛰쳐나왔고, 선생님이 나를 뒤쫓아 복도로 달려 나오며 외쳤다.

"Anna! Anna! Come on immediatly! (안나! 안나! 당장 돌아와!)"

선생님이나 immediately 돌아가세요.

7시 45분

전화가 울렸다. 모두가 소스라치며 놀랐다. 엄마가 잠깐 머뭇거리다 수화기를 들었다.

"샹피니 경찰서……"

할머니를 찾았다는 소식이었다. 오후에 눈이 내리는 추운 날씨에도 불구하고 한 할머니가 바깥에서 꼼짝 않고 자기들 집만 뚫어져라 쳐다보고 있다는 신고가 들어왔다는 것이다.

그 사람들은 두세 번 바깥으로 나가서 할머니에게 뭐 필요한 게 없는지 물었지만 할머니는 그저 "리디를 기다리고 있는데, 곧 올 거"라고만 대답했다고 한다.

엄마는 어디서 할머니를 찾았는지 물었다.

"카트르-세르장 거리입니다, 부인."

"십사 번지요?"

"잠깐만요. 확인해 보겠습니다……. 네, 맞습니다. 어떻게 아셨지요?"

엄마는 한층 동요된 표정이었다.

"그러니까…… 그건 중요치 않아요. 곧 가겠습니다. 당장 가지요."

엄마가 전화를 끊으며 말했다.

"샹피니, 카트르-세르장가 십사 번지. 우리 부모님이 사시던 곳이야. 거기서 리디가 물에 빠졌지."

3월 4일 일요일

벌써 삼 일째 할머니는 병원에서 '지켜보고' 있는 중이다.

회색 건물들은 최근에 내린 눈과 진창에 파묻혀 있었다. 병원 대기실에는 사람들이 마치 남은 인생을 거기서 보내기라도 할 듯이 꼼짝 않고 기다리고 있었다. 바깥에서 구급차 한 대가 차가운 불빛을 길게 던지며 질풍처럼 빠른 속도로 병원 문을 들어섰다. 나는 기분이 울적했다. 할머니를 보러 가는 것이 좋은 생각인지 확신이 들지 않았다.

"신경과가 어디예요?"

"비동 삼층이란다."

나는 끝없이 이어지는 복도로 접어들었다. 그곳은 벽조차도 아파 보였다. 냄새 때문에 울고 싶었고, 후끈거리는 열기 때문에 숨이 막힐 것만 같았다……. 315호, 나는 문을 살짝 밀었다. 문은 용수철처럼 밀기가 힘들었다. 할머니가 어떤 모습을 하고 계실지 궁금했다. 내가 알고 있는 모습일지, 아니면……. 소리를 듣고 할머니가 몸을 일으키더니 내게 웃어 보였다. 그러자 모든 걱정이 깡그리 사라졌다.

"할머니, 안녕. 인사 드리러 왔어요."

"잘 지냈니, 내 강아지. 네가 와서 얼마나 기쁜지 몰라. 내가 또 바보 같은 짓을 했지?"

나는 할머니에게 뽀뽀를 하고, 침대 가장자리에 엉덩이만 살짝 걸치고 앉았다.

"바보 같은 짓인지는 모르겠지만요, 제일 추운 날 샹피니로 가실 생각을 한 건 특이하긴 해요. 저 같으면 봄이 될 때까지 기다렸을 거예요."

할머니는 대답하지 않았다. 옆 침대의 할머니가 우리를 못마땅한 눈으로 쳐다보더니 우리한테 묻지도 않고 텔레비전을 켰다. 꼼짝없이 '사랑의 불길'을 봐야 할 판이라 우리는 둘이서 복도로 도망을 나왔다.

"할머니가 예전에 사시던 집은 굉장히 멋졌어요. 어제 아빠랑 엄마랑 보러 갔었어요. 큰 나무가 심어져 있는 정원이 마음에 들었어요."

"아마도 **방랑**을 많이 한 보리수일 거야. 우리 아버지가 한 그루 심었었지."

"그리고…… 정원 끝에는 작은 연못도 있던걸요."

"너, 그것도 **깼구나**……."

"네. 할머니 생각을 했어요……. 그리고 리디 할머니 생각도 했고요. 할머니가 동생이랑 굴렁쇠를 가지고 노는 오래된 사진을 엄마가 찾아냈어요."

우리는 잠시 말이 없었다. 아직 젊은 아저씨 한 분이 몸을 이상하게 흔들며 복도를 지나가고 있었다. 그 아저씨가 나를 쳐다보자 나는 고개를 돌렸다. 아저씨는 멀어져 갔다. 아저씨는 꼭 줄을 아무렇게나 잡아당기는 꼭두각시 인형 같았다.

"할머닌 이제 괜찮은데 왜 여기 남아 있어요?"

"검사를 하고 있단다. CT촬영인지 뭔지, 내가 모르는 온갖 기계로 온갖 검사를 한단다. 그리고 엄청나게 **뿔닭**을 해 댄단다."

할머니가 한숨을 내쉬며 말했다.

"질문을 한단 말이지요."

"그래. **뿔닭** 말이다. 내 이름이 뭐냐? 오늘이 무슨 요일이냐? 어디 사느냐? 어느 **식탁**에 사느냐? 그리고 그 사람들이 말하는 대로 따라 하라고 하고는 온갖 물건들을 나한테 **가로막는단**다. 끝도 없어. 여기서 나갈 때쯤 되면 난 기진맥진해 있을 거야."

"대답은 잘하세요?"

할머니는 머뭇거렸다.

"매번 잘하진 못한단다. 늘 그렇진 못해……. 학교 다닐 때도 난 그다지 시험을 잘 보지 못했단다. 그렇지만 곧 빠질 거야. 의사 선생님이 한 판화만 있으면 여기서 나갈 수 있을 거라고 약속했으니까."

한 '판화'가 얼마일까. 하루? 일주일? ……난 캐묻지 않았다.

"잘됐어요. 왜냐하면 설탕 과자가 엄청 먹고 싶어지기 시작했거든요."

나는 할머니를 병실로 모셔다 드렸다. 옆 침대의 할머니는 텔레비전 앞에서 잠들어 있었다.

4월 5일 목요일

오늘 아침, 엄마는 할머니 치료를 담당하는 신경과 의사 선생님과 약속이 있었다. 할머니는 거기에 대해선 전혀 알고 싶어 하지 않았다. 말만 꺼내려고 하면 할머니는 울면서 화를 냈다. 더구나 얼마 전부터는 걸핏하면 화를 냈다. 아무것도 아닌 일로도 화를 냈다.
"내 나이가 되어 보면 알게 될 거야!"
할머니는 자주 이 말을 되풀이했다.
학교에서 돌아왔을 때 엄마의 눈만 보고도 나는 뭔가가 잘못되어 가고 있다는 걸 알아차렸다.
"그러니까…… 할머니 병이 뭐래요?"

"아직 정확히 모른단다. 할머니 뇌 속에서 뭔가가 제대로 작동하지 않는가 봐."

"할머니가 치료를 받게 되요?"

"안나야, 나한테 묻지 마라. 지금으로선 아무도 모른대. 의사 선생님들조차도 모른대. 네 방으로 가 있어라. 아주 중요한 전화를 걸어야 해."

"할머니 일 때문에요?"

"안나야, 이제 그만 하고, 어서 가!"

나는 그 자리를 떠났지만 그다지 멀리 가진 않았다. 문 뒤에서 귀를 기울이고 있었다. 나도 알 권리가 있었으니까.

엄마는 병원에 전화를 걸었다. 그러곤 내가 알지 못하는 선생님을 찾았다. 엄마는 한참을 기다렸다. 한참 만에 누군가가 마침내 대답을 했다. 엄마는 회사 사장님과 말할 때와 똑같은 목소리로 말했다. 나는 엄마가 검사 결과를 읽는 소리를 들었다. 도무지 알아들을 수 없는 소리였다. 내가 발음조차 할 수 없는 단어들을 잔뜩 늘어놓았다. 그렇게 복잡한 대화는 지금껏 들어 본 적이 없었다. 개중에 여러 번 반복되는 단어 하나가 있었다.

해마. 대체 해마가 이 일과 무슨 관계람? 말도 안 돼, 할머니 뇌 속에 해마라도 있단 말이야! 어쩌면 내가 생각하는 그 해마가 아닌지도 몰라……

사전을 찾아봐야 할까 봐.

해마 : 1. 머리는 말의 머리와 비슷하고 곧게 선 채로 헤엄치는 작은 물고기.

좋아, 이건 내가 알고 있던 거야.

2. 뇌 측두엽의 돌기.

무슨 소린지 하나도 이해할 수 없었다!
하지만 할머니 문제라면 두 번째 해마일 게 분명했다. 왜냐하면 뇌라는 말이 들어 있었으니까.
그렇다면 할머니는 뇌의 해마가 병든 걸까?
'돌기'와 '측두엽'만 찾으면 될 것 같다. 밤을 새야 할지도 모르겠다.

해마 이야기 이후로 집 분위기는 침울해졌다. 엄마는 손을 가만히 두지 못했고 작은 손수건을 꺼내 자꾸만 눈을 닦았다. 아빠는 아빠대로 한쪽 구석에서 생각에 잠겨 있었다. 나는 좀 더 잘 알고 싶었다. 그래서 식사가 다 끝날 무렵, 한없이 이어지는 침묵을 깨고 물었다.

"할머니 병이 뭐예요? 지금은 좀 이상한 행동을 하시지만 그래도 아파 보이진 않잖아요."

엄마 아빠는 잠시 머뭇거렸다. 그러다 아빠가 말을 꺼냈다. 아빠는 선생님 역할을 좋아했다.

"우리 뇌는 말이다."

아빠가 말을 시작했다.

"우리가 뉴런이라고 부르는 수천 개의 작은 세포들 덕에 기능한단다."

"네, 알아요. 서로를 연결해 주는 긴 실 같은 게 달린 이상하게 생긴 거잖아요."

"안나야, 똑바로 얘기해야지. 그건 '이상하게 생긴 거'가 아니라 세포란다. 그리고 '긴 실'이 아니라 축삭이야. 해마는 뇌의 일부인데 생긴 모양 때문에 그런 이름을 갖게 되었지. 측두부 피질은……"

아이고, 큰일 났다. 아빠가 강의를 시작했다. 저녁 내내 들어야 할 것 같았다. 아빠가 자신의 전공 학문을 늘어놓기 시작하면 얼마나 지루한지 모른다.

엄마와 나는 부엌으로 피신했다. 아빠는 단 1초도 놓치지 않고 빈 접시와 케첩 병을 앞에 두고 계속 말을 했다. 엄마가 요약해서 말했다.

"해마는 우리 기억에 꼭 필요한 뇌의 작은 부분이야. 그곳의 뉴런은 가장 연약해서 할머니의 병이 시작되었을 때 제일 먼저 공격받은 곳이 그곳인 거야."

"제일 약한 데를 공격하는 건 비겁한 짓이라고 생각해요."

엄마는 끼어든 내 말을 무시하고 계속 말했다.

"그런데 공격은 이미 몇 년 전에 시작되었는데, 그때는 아무도 의심하지 못했던 거야. 할머니조차도. 아무 문제도 없어 보였으니까. 그렇지만 병이 서서히 뇌의 다른 지역까지 침범한 거야. 그래서……"

"그래서 할머니가 많은 걸 잊어버리고, 말도 이상하게 하고, 점점 더 이상한 행동을 하게 된 거군요."

엄마가 고개를 끄덕였다. 엄마의 눈은 새빨갰다.

"그럼 이 병은 언제 멈춰요?"

"안 멈춘단다. 안나야. 그건…… 점점 더 나빠지지. 이 병은 쉬지 않고 진행된단다. 매일 조금씩 더 나빠져. 이 병을 멈출 방법은 아무도 몰라."

"그럼 할머니가 점점 더 기억을 잊게 된단 말이에요?"

"그래."

엄마가 입술을 깨물며 웅얼거렸다.

"구구단, 설탕 과자 만드는 법, 일어날 시간, 사람들 이름……"

엄마는 울고 있었다. 그런데도 아빠는 계속해서 말하고 있었다.

"…… 정상 뉴런에는 단백질……"

정말이지 짜증이 났다. 때때로 아빠는 진짜 바보 같다.

나는 엄마의 무릎 위에 앉았다. 그런 지가 너무 오래 되어서 엄마가 조금 불편해하는 것 같았다. 나는 엄마 뺨에 내 뺨을 대고 중얼거렸다.

"그렇지만 우리는 할머니를 기억할 거잖아요."

할머니가 병원에서 나온 뒤로 엄마는 할머니가 괜찮은지도 살펴보고 장도 봐다 드리려고 매일 저녁 할머니 집에 들렀다. 왜냐하면 이제 할머니는 돈 세는 것도 헷갈려서 혼자서 시장을 보도록 내버려 둘 수가 없었던 것이다. 그래서 엄마는 신경이 곤두서 있었다. 할머니도 보살펴야 하고, 엄마 일도 해야 하고, 평소보다 더 왔다 갔다 해야 하고, 이런 모든 일 때문이었다……. 그래서 저녁만 되면 집안 분위기가 영 좋지 않았다. 엄마는 기진맥진해서 조그만 일에도 짜증을 냈다. 게다가 할머니가 완전히 정신이 나가는 날도 있었는데, 그런 날이면 엄마는 눈물이 그렁그렁해서 돌아왔다.

그래서 나는 조심스레 제안했다.

"있잖아요, 엄마. 할머니 집이 우리 학교에서 그다지 멀지 않잖아요……. 저녁에 내가 할머니를 보러 갈 수 있을 거예요. 그러면 엄마를 좀 돕는 일도 되고, 또 나도 좋아요."

"그건 절대 안 돼. 우선, 너는 공부를 해야 되고, 그리고 또……"

"그러면 일찍 끝나는 화요일과, 다음 날 학교에 안 가는 금요일에 갈게요."

"안나야, 고집 부리지 마라. 안 된다고 했잖니."

"그럼 고양이 한 마리라도 가지면 안 되나요? 집에 돌아오면 혼자서 심심해요……. 고양이를 가지고 있는 친구가 있는데 얼마 전에 새끼를 낳았대요. 엄청 귀여워요."

이렇게 해서 이제 나는 일주일에 두 번씩 할머니 집에 들르게 되었다.

할머니가 괜찮을 때는 '나의 설탕 과자 할머니'를 보게 되었다. 그럴 때는 할머니와 이야기를 나누었고 부엌에서는 맛있는 설탕 과자 냄새가 났다. 해마가 심술을 부리면 할머니 머릿속은 약간, 아니 엄청나게 엉망이 되곤 했다. 그럴 때면 나는 이건 할머니 잘못이 아니야, 할머니 병 때문이야, 라고 마음속으로 중얼거렸다. 어쨌거나 나를 리디라고 부르는 것이 할머니한테 좋다면 그러지 못하게 막을 이유가 없었다.

하지만 내가 좋아하지 않는 것은 할머니가 울 때다. 그럴 때면 할머니가 불행해 보이기 때문이다.

"내 귀여운 안나야, 난 아무래도 정신을 잃어가는 것 같구나……"

그럴 때면 우리는 역할을 바꾸었다. 내가 할머니를 품에 안고 새하얀 머리를 쓰다듬으며 위로했다.

.

5월 9일 수요일

지리 수업이 끝나자마자 나는 할머니 집으로 달려갔다.

클리시 광장이 이상하게도 소란스러웠다. 회전 경보등이 돌아가고, 소방관과 경찰관들이 보였고, 가스 회사 차도 보였다……. 할머니네 집 건물 사람들 모두가 길거리에 나와 있었고, 방책 뒤로 사람들이 몰려 있었고, 경찰관들은 사람들이 방책을 넘지 못하도록 막고 있었다. 가스 냄새 때문에 소방관들이 모든 사람들을 대피시켰다.

"오층에서 나는 냄새야."

키 작고 날카롭게 생긴 아주머니가 내게 말했다.

갑자기 머릿속이 텅 비는 느낌이 들었고, 다리가 고무로 된 것처럼 후들거렸다. 5층이면 할머니 집이었다.

소방관들이 방독면을 쓰고 등에 산소통을 짊어진 채 들어가는 게 보였다. 소방관들이 문을 부수는 소리가 아래로 들렸다. 그들은 도끼로 모든 걸 깨부수고 있었다.

이 건물에 사는 사람들은 화가 잔뜩 나 있었다. 모인 사람들 속에서 이런 목소리가 들려왔다.

"오층의 미친 할머니야! 내 이럴 줄 알았어! 언젠가는 우리를 모두 죽게 만들고 말 거야!"

미하일로빅 아주머니가 나를 보며 말했다.

"안나야, 너희 부모님이 할머니를 돌봐야 할 때가 되었어. 저번 날 밤에도 할머니가 온 건물 사람들을 깨웠단다. 한 번은 넘어가겠지만 이건 너무 지나쳤어!"

"암, 혼자서 처신을 못하면 전문 요양소에 넣는 수밖에 없어."

맥주 냄새를 풍기는 뚱뚱한 남자가 투덜거렸다.

"우리가 몽땅 병원에 갈 뻔했지 뭐야! 정신이 없는데 여기 있으면 안 되지."

키 작고 날카롭게 생긴 아주머니가 뾰족하게 말했다.

그 사람들 때문에 나는 화가 나서 소리를 질렀다.

"이건 할머니 잘못이 아니에요. 할머니 해마 때문이란 말이에요!"

사람들은 이상한 눈으로 나를 쳐다보았다. 맥주 냄새를 풍기는 뚱뚱한 남자는 검지를 이마에 대고 돌리면서 가족 내력인가 보다고 말했다. 그때 할머니가 팔에 빵을 낀 채 태연스레 나타났다.

"왜 이렇게 시끄러워! 무슨 일이라도 있어?"

누구도 뭐라 대답할 생각을 하지 못했다.

6월 7일 목요일

할머니는 모든 걸 마구 뒤섞고 있다! 전보다 열 배는 더 나빠졌다. 낮과 밤, 돈, 길, 사람, 단어…… 그야말로 짬뽕이다! 아무리 약을 먹어도 전혀 변화가 없었다. 하긴 할머니는 약을 꼬박꼬박 먹는 것조차 잊어버렸다. 엄마 아빠는 할머니가 혼자 있어서는 안 된다고 말했다. 그래서 오늘 아침 처음으로 미리아가 할머니를 돌보러 오기로 했다. 이런 일을 하는 것이 미리아의 직업이었다.

엄마는 미리아를 기다리면서 손을 배배 꼬고 있었다.

서둘러야만 했다. 왜냐하면 할머니 일로 엄마가 휴가를 너무 많이 쓴 탓에 회사에서 주의를 듣기 시작했기 때문이다. 그래서 사람을 구했는데 미리아는 우리가 알지 못하는 사람이었다. 한 번도 본 적이 없었다. 다만 전화로 목소리만 들었을 뿐이다. 엄마는 전화를 끊으면서 "괜찮은 사람 같아"라고만 말했다. 어쨌건 우리에겐 선택의 여지가 없었다. 건물 관리인인 부자릴 아주머니가 우리에게 미리아를 추천해 주었다. 두 사람은 같은 동네 출신이었다. 남쪽 방향을 가리키면서 부자릴 아주머니가 얘기하듯이 저 '아래' 출신이었다.

엄마는 시계를 들여다보았다. 10시까지는 일하러 가야만 했다.

"미리아가 약속을 어기지 않아야 할 텐데."

엄마는 이 말을 스무 번이나 되풀이했다.

창문 앞에 앉아 있는 할머니는 이런 일 따위엔 전혀 개의치 않았다. 미리아에 대해서도, 엄마 회사에 대해서도, 부자릴 아주머니에 대해서도, 그리고 나머지 모든 것에 대해서도 전혀 관심이 없었다. 할머니는 우리가 거기 와 있다는 사실도 알지 못하는 것 같았다. 그렇지만 나는 할머니 곁에 앉아 할머니 손을 꼭 잡고 있었다. 그러는 걸 할머니도 좋아하는 것 같았다. 실험을 해 보고 알 수 있었다. 내가 손을 잡으면 할머니 입가에 미소가 머물렀다. 별건 아니지만! 그리고 내가 손을 놓자마자 미소는 사라졌다. 할머니와 나는 둘 다 꼼짝 않은 채 아무 말도 하지 않고 그저 바깥 풍경만 쳐다보고 있었다.

클리시 광장은 늘 그렇듯이 교통 체증이 엄청났다. 혼잡한 그곳을 빠져나가는 것은 오직 두 바퀴뿐이었다. 그때 어마어마한 체구의 여자가 초라하게 작은 경오토바이를 타고 오는 게 보였다. 나는 혼자서 웃었다. 그렇게 작은 고물 오토바이가 하마처럼 큰 엉덩이 무게를 지탱한다는 게 도무지 불가능해 보였기 때문이다.

엘리베이터 문이 닫히더니 벨 소리가 났다. 미리아가 온 모양이었다. 엄마는 서둘러 문을 열었다……. 나는 한동안 얼빠진 얼굴을 하고 있었다.

문 앞에서 한 여자가 우리를 향해 웃고 있었다. 정말이지 키가 컸다……. 잘 모르겠지만 아마 2미터는 되는 것 같았다. 게다가 정말 뚱뚱했다. 엄청나게! 몸무게가 적어도 140킬로그램은 되는 것 같았다. 오토바이를 탄 어마어마한 체구의 여자가 바로 미리아였던 것이다.

"안녕하세요……. 제가 늦진 않았지요?"

"아니에요! 전혀 아니에요. 들어오세요."

거대한 가슴 너머로 미리아의 얼굴을 쳐다보려고 고개를 젖히며 엄마가 말했다.

나는 미리아가 천장에 부딪히지 않을까 걱정이었다. 아니면 마루가 무너지지 않을까 싶었다. 미리아는 내 쪽으로 몸을 숙이더니 뺨에다 쪽 소리가 나게 뽀뽀를 두 번 했다. 미리아한테서는 좋은 냄새가 났다. 미리아가 점퍼를 열자 아주 작은 털뭉치가 불쑥 고개를 내밀었다.

"자, 육! 모두들에게 인사해."

육은 엄마에게 가서 신발 냄새를 맡더니 내 손을 핥았다. 그러더니 할머니 무릎 위로 용수철처럼 튀어 올랐다. 그렇게 작은 강아지는 처음 보았다. 주인이 크고 뚱뚱한 만큼 육은 더더욱 작아 보였다.

미리아는 곧장 할머니를 향해 가더니 손을 내밀며 말했다.

"안녕하세요, 할머니. 만나 뵙게 되어서 반가워요. 제 이름은 미리아예요. 할머니 따님이 제 얘기를 드렸을 거예요. 오늘은 날씨가 엄청 좋아요. 괜찮으시다면 잠깐 밖에 나가도 좋을 거예요. 그러면 햇볕을 쬐면서 얘기를 나누며 서로를 알 수 있을 거예요……."

아침부터 한마디도 하지 않던 할머니가 웃으며 아무 일도 없는 듯이 대답했다.

"오늘 아침 내 딸에게 내가 했던 말이 바로 그거예요. 이렇게 갇혀 있을 날씨가 아니에요! 그런데 자식들이 어떤지 알아요? 도무지 말을 들으려 하질 않아요."

미리아는 웃으며 할머니 팔 아래로 손을 넣어 일어나는 걸 도왔다.

부자릴 아주머니의 친구는 몇 분 만에 모두의 신뢰를 얻어 낼 줄 알았다. 엄마가 안심한 얼굴로 고개를 끄덕이며 말했다.

"좋아요. 난 가 봐야 해요. 원하신다면 안나가 얼마 동안 남아 있을 거예요. 오늘은 학교에 안 가니까요. 어디에 뭐가 있는지 알려 줄 수 있을 거예요."

"너도 할머니랑 산책할래?"

미리아가 내게 물었다.

"육도 같이요?"

"물론 육도 같이 가지."

미니 강아지 육도 이해했는지 꼬리를 흔들었다.

그렇다. 미리아는 진짜 거인이었다. 2미터의 미소와 140킬로그램의 상냥함을 가진 거인이었다.

6월 13일 수요일

내가 도착했을 때는 미리아가 할머니의 머리를 빗기고 있는 중이었다. 할머니는 커다란 거울 앞에 앉은 채 꼼짝하지 않았다. 미리아는 흰 머리를 커다란 손으로 모으더니 놀라울 정도로 능숙하게 땋아 내렸다. 할머니 머리를 틀어 올리기 위한 정확한 동작을 알고 있었다. 할머니 머리는 예전과 똑같이 완벽하고 흐트러짐이 없었다. 나는 머리 빗는 게 끝나기를 기다렸다가 할머니에게 뽀뽀를 했다.

"할머니, 향기가 정말 좋아요!"

할머니가 고개를 끄덕였다.

"저기…… 저것의 향수란다. 저기 뚱뚱한 여자 말이다……."

나는 뜨끔한 눈으로 미리아를 쳐다보았다. 미리아는 웃음을 터뜨렸다.

"할머니 말씀이 맞아요. 다이어트를 백 번도 더 했지만 금세 포기했지요. 난 먹는 걸 너무 좋아해서 살을 빼기는 틀렸어요."

"할머니한테 무슨 향수를 뿌렸어요?"

"이거야. 사막의 향수란다. '저기'에서 온 거지……."

미리아는 부자릴 아주머니가 남쪽을 가리킬 때 하는 것과 똑같은 몸짓을 했다.

"세 방울만 뿌리면 모든 걱정이 사라지지!"

할머니는 이제 별로 먹지 않았다. 예전에 그렇게 먹는 걸 좋아하던 할머니가 이젠 먹는 걸 귀찮아하는 것 같았다.

"오늘 오후엔 로크마 벨라셀을 만들 거야. 안나, 너도 우리랑 함께 있을 거지?"

미리아가 말했다.

"그게 뭐예요? 로크 머시기?"

"이따 알게 될 거야!"

미리아가 할머니를 부엌으로 데려가면서 말했다.

　　- 밀가루 125그램.

　　- 달걀 3개.

- 버터 70그램.

- 물 4분의 1리터.

- 설탕 1스푼.

- 오렌지 꽃물과 꿀 조금.

커다란 앞치마를 꽉 졸라맨 할머니가 재료들을 뒤섞고, 그동안 미리아는 박하차를 준비했다.

"반죽이 매끈매끈해지면 조그맣고 동글동글하게 만들어야 해요."

갑자기 할머니가 반죽에 손을 넣은 채 모든 걸 멈추었다. 할머니의 눈길은 여기서 달아나 먼 곳으로 날아갔다. 수백만 킬로미터 떨어진, 다른 은하로 가는 것 같았다……. 할머니는 이제 우리와 함께 있지 않았다. 창문으로 다가가더니 유리창에다 두 손으로 반죽을 펴 발랐다. 할머니는 이제 이랬다.

미리아는 화 내지 않았다. 부드럽게 할머니를 창문에서 떼어 내어 손을 씻기고 유리창을 닦았다.

"할머니를 좀 도와줘야 할 것 같구나."

미리아가 나를 보며 말했다.

내가 할머니 대신 반죽을 맡았다. 동글동글한 공 모양이 식탁 위에 줄을 지었다. 할머니는 딱 하나를 만들었다. 못생기고 삐딱한 모양이었다. 그래도 괜찮았다. 미리아는 그것들을 기름에 튀겼다. 작은 공들은 부풀면서 노랗게 변했다. 부엌에서는 따뜻한 빵 냄새가 났다. 미리아는 튀긴 공들을 꺼냈고, 이제 꿀에 묻혀서 먹기만 하면 되었다.

할머니는 아무 말도 하지 않았지만 눈만큼은 기쁨으로 반짝였다. 나는 손가락을 핥았다.

"전에는 할머니랑 설탕 과자를 만들었어요."

"설탕 과자…… 난 모르는데. 그게 뭐야?"

미리아가 웃으며 말했다.

"안 가르쳐 줄래요. 비밀이에요!"

"설탕 과자. 엄마가 우리한테 설탕 과자를 만들어 줬지."

할머니가 중얼거렸다.

할머니는 일어나더니 조개들을 정리해 둔 작은 상자를 가지러 갔다. 그러곤 평소 때처럼 제일 작은 냄비를 골랐다. 설탕을 꺼내고 오렌지 꽃물을 부었다.

할머니의 모든 행동이 되살아났다. 예전처럼.

나는 바보처럼 울었다.

7월 28일 토요일

리용역 플랫폼은 사람들로 북적였다.
여름 캠프에서 돌아오는 것이 우리만이 아니었던 것이다. 북새통에 친구들을 잃어버린 아이들, 가방을 잃은 아이들, 담당 코치를 잃은 아이들도 있었다.
제레미와 나는 눈물 글썽한 눈짓을 교환하고 재빨리 손을 잡았다. 나는 제레미의 주소를 가졌고, 제레미도 내 주소를 가졌다. 우리는 편지를 주고받을 것이다. 약속하고 맹세까지 했다. 그리고 나는 부모님 있는 곳으로 갔다. 한편으로는 엄마 아빠를 보는 것이 기쁘면서도, 한편으로는 제레미와 헤어지는 것이 가슴 아팠고, 엄마 아빠가 던지는 수만 가지 질문에 살짝 짜증이 나기도 했다.

"그래 어땠어? 친구들은 좀 사귀었니? 코치들은 어땠어? 날씨는 좋았니?"

저쪽에서 제레미가 자기 부모님과 함께 멀어지고 있었다. 그 애는 뒤를 돌아보며 내게 눈을 찡긋했다.

"할머니는요?"

묻자마자 나는 무슨 문제가 있다는 걸 알아차렸다. 엄마 아빠는 당황스런 표정으로 아무 말을 하지 못하고 서로를 쳐다보기만 했다. 내가 다시 물었다.

"할머니는요? 괜찮아요?"

"할머니를 요양원에 넣을 수밖에 없었단다."

엄마의 목소리는 거의 한숨 같았다. 잘 들리지도 않았다. 나는 아무 말도 하지 않았다. 말이 나오지 않았다. 내 뱃속 깊숙한 곳에서 막 뭔가가 깨진 것 같았다.

도무지 이해할 수 없었다. 요양원이라니, 무슨 뜻이지?

"할머니 같은 분들을 위한 전문 기관이란다. 그곳 사람들이 잘 돌봐 줘서 할머니는 제대로 치료를 받게 될 거야."

"그렇지만 미리아 아줌마가 아주 잘 봐 주셨잖아요!"

"물론 그랬지. 그런데 미리아가 저녁까지 남아 있을 수 없었단다. 밤에는 더욱 그렇고. 어린 딸이 있으니 그럴 수가 없었지. 그리고 할머니를 혼자 놓아두는 것도 불가능한 일이 되었고."

미리아 아줌마에게 어린 딸이 있었다고? 나는 미처 물어볼 생각도 못했다.

"그럼 아파트는요?"

이번에는 아빠가 대답했다.

"비우기 시작했단다. 내일 가구들을 옮기려고 트럭을 빌려 놓았어. 미리아가 내일 우리를 도우러 오겠다고 약속했어. 월요일까지는 다 비워야 해. 집주인이 새 입주자를 이미 찾았나 봐."

"그러면 할머니 물건들은……"

"가능한 한 지하실과 차고에 넣어 두고 나머지는 누굴 줄 생각이다……. 안나야, 이십이 년 동안 할머니는 고물들을 많이도 모아 두셨거든."

고물이라는 소리가 귀에서 윙윙 울렸다. 바깥 거리는 잿빛 안개 속에 묻혀 보이지 않았다. 퉁명스럽게 묻는 내 목소리가 내 귀에 들렸다.

"몇 가지 물건은 제가 가져도 되죠?"

내 주위로 커다란 벽들이 무너지는 것만 같았다. 너무도 바랐는데…… 내가 바랐던 것이 무엇인지 이젠 모르겠다.

7월 29일 일요일

이제 끝났다.

할머니 아파트는 텅 비었다. 울고 싶을 정도로 슬프고 흉측했다.

나는 거실의 작은 발코니에 숨어서 마음껏 펑펑 울었다. 5층 아래의 클리시 광장은 구경꾼들과 반팔 셔츠 차림의 관광객들로 북적였다. 약간 몸을 기울이자 아빠와 거인 미리아가 보였다. 두 사람은 아빠가 빌린 트럭에 마지막 가구를 싣고 있었다. 오래된 부엌 찬장이었다. 찬장을 들어 올리자 다리가 너무 낡아서 먼지를 일으키며 폭삭 내려앉고 말았다.

나는 할머니 아파트의 벽이 그렇게 낡고 더러운 줄은 미처 알지 못했다. 가구들과 그림들이 있던 자리에는 커다란 흔적이 하얗게

남았다. 그 유령들은 이곳을 떠나고 싶어 하지 않는 것 같았다.

할머니의 침대 옆 탁자 서랍에서는 사진 하나를 발견했다. 엄마는 처음에 리디 사진이라고 생각했는데, 아빠가 자세히 들여다보더니 말했다.

"아니야. 잘 봐, 당신이야. 서너 살쯤 되었을 때 사진이야⋯⋯. 봐 봐, 당신 눈이잖아. 틀림없어!"

우리는 사진 속의 인물이 리디인지 엄마인지 정하지 못한 채 사진을 오랫동안 살폈다.

"제가 가져도 돼요?"

엄마가 고개를 끄덕였다. 이제 그 사진은 두 개의 다른 보물과 합류하게 되었다. 할머니가 설탕 과자를 만들 때 사용하던 작은 냄비와 설탕 과자를 담는 조개껍질이 내 상자 속에 담기게 되었다.

4시경에 콧수염을 단 배불뚝이 아저씨가 아파트로 들이닥쳤다. 아파트 주인이었다. 아저씨는 성난 얼굴을 하고 벽지와 금이 간 천장을 살폈다.

"이 아파트의 더러운 상태는 당신들도 잘 아시겠지요. 원래 상태로 해 놓으라고 요구할 수도 있지만 당신들 어머니가 그렇게 떠나게 된 점을 생각해서 그러진 않겠소. 어쨌건."

엄마는 어깨를 으쓱하고 두세 개의 서류에 서명을 했고, 그 아저씨에게 열쇠를 건넸다. 주인아저씨는 우리와 함께 집을 나섰고,

쫓기다시피 나오느라 나는 할머니의 작은 복도를 마지막으로 겨우 돌아다볼 수 있었다.

부자릴 아주머니가 우리를 기다리고 있었다. 아주머니가 나를 끌어안으며 말했다.

"참 딱하구나. 안나야, 정말 딱해⋯⋯. 네 할머니가 많이 보고 싶을 거야."

밖으로 나서니 열기가 후끈 몰려왔다. 5층의 발코니는 너무 높아서 하늘 속으로 사라질 것만 같았다.

8월 17일 금요일

그곳은 아주 멀었다. 외곽 전철을 타고 끝까지 가야 했다.

밖으로 나오니 한쪽은 온통 보기 흉한 건물들뿐이었고, 다른 쪽은 곳곳에 작은 집들과 정원들이 있어 아직 시골 같았다. 엄마가 그려 준 약도를 보았다. 할머니가 계신 곳은 시골 쪽이었다. 다행이었다. 날씨는 더웠다. 꽃 주위를 날며 곤충들이 붕붕거리는 소리 외에는 아무 소리도 들리지 않았다. 거의 모든 사람들이 휴가를 떠나고 없었다. 꿈속을 걷는 느낌이 들었다.

처음에 엄마가 같이 오고 싶어 했지만 나는 소리쳤다. 난 이제 어린애가 아니에요! 게다가 내가 할머니에게 하려는 얘기는 엄마가 들어서는 안 되는 말이었다.

백합 요양원

여기였다. 초록색 울타리와 잔디와 꽃이 있는 오래된 큰 집이었다. 약간은 병원을 닮았지만 그다지 많이 닮진 않았다. 나는 문을 밀고 들어섰다. 입구를 지키는 아주머니가 유리 너머로 나를 쳐다보았다. 아주머니는 뜨개질을 하고 있었다. 꼭 수족관 안에 있는 것 같았다.

"십사 호인데, 내가 데려다 줄까?"

아주머니가 말했다.

"아니에요, 고맙습니다. 혼자서 찾을게요."

복도에 사람이라곤 없었고, 산 풍경 사진이 장식되어 있었다. 큰 홀을 지나갈 때 몇몇 사람들이 조용히 내가 지나가는 걸 쳐다보았다. 몇 사람은 너무도 늙어서 무서울 정도였다. 나는 사람이 그렇게까지 늙을 수 있는 줄 몰랐다. 식은땀이 났다. 늙은 고양이처럼 여윈 한 할머니가 한 손으로 지팡이를 짚고, 다른 손으로는 벽을 잡고 선 채 나를 보고 웃었다. 나는 그 할머니에게 웃음으로 답하려고 올림픽 챔피언처럼 힘겨운 노력을 했다. 할머니는 아주 잔걸음으로 멀어져 갔다. 걸을 때마다 타일 바닥에서는 쉭, 쉭 소리가 났다. 나는 달아나지 않기 위해 엄청 애를 썼다.

14호실. 똑똑…… 대답이 없었다. 나는 들어갔다. 할머니는 창문 앞에서 꼼짝하지 않았다.

　내 소리를 듣지 못한 것 같았다.

　"할머니……."

　할머니는 별들 사이로 여행을 하고 있는지 여전히 움직이지 않았다. 많이 여윈 모습이었다. 팔의 피부가 쭈글쭈글하게 늘어졌다. 그렇지만 머리카락만큼은 여전히 하얗고 매끄러웠다. 나는 할머니 손을 잡고 뽀뽀를 했다. 할머니 얼굴에 미소가 희미하게 피어올랐다.

　바깥에 나무가 많아서 꼭 숲 속에 있는 것 같았다.

　"할머니 방이 좋네요."

　할머니는 갑자기 찰카닥, 하고 지구로 돌아왔다.

　"그렇지만 늘 어둠 속에 있는걸."

　"어둠 속에요? 무슨 소리예요. 밖에 저렇게 햇볕이 쨍쨍한걸요."

　할머니는 자신의 이마를 가리키면서 찡그리며 말했다.

　"어둠은 여기 있단다."

　말이 목에 걸려 나오질 않았다. 나는 할머니를 꼭 끌어안았다. 할머니 머릿속에서는 모든 게 탈이 났지만 나는 할머니가 마음속으로 많은 것을 생각하고 있다는 확신이 들었다. 다만 그것이 예전처럼 밖으로 나오는 걸 할머니의 해마가 막고 있을 뿐이다. 할머니는 내 뺨을 살짝 어루만지며 이해할 수 없는 무슨 소리를 중얼거렸다. 나는 할머니를 위해 가져온 작은 상자를 내밀었다.

"설탕 과자예요. 제가 집에서 할머니 냄비로 만들었어요."

할머니는 하나를 집었다. 그러곤 쳐다보다가 옆에 내려놓았다. 마치 그걸 어떻게 해야 할지 모르는 것 같았다.

"이것도 가져왔어요."

할머니 서랍에서 찾은 사진을 보여 주었다.

리디 할머니일까, 엄마일까?

할머니는 잠시 사진을 쳐다보더니 설탕 과자 옆에 내려놓았다. 마치 아무 상관없는 물건인 양. 그래서 나는 사진을 할머니 머리맡 서랍 속에 넣어 두었다. 어쩌면 언젠가 그걸 보고 좋아하실지도 모르니까.

"할머니 저랑 산책하실래요?"

"깨우면 안 돼."

"누구요?"

"저기 저 아이 말이다……"

할머니가 침대를 가리키며 속삭였다.

나는 그곳을 쳐다보았다. 침대는 평평했다. 말끔하게 정돈되어 있었다. 아무도 없었다.

"저 애가 여기 숨어 있단다. 나밖에 모르지. 말하면 안 돼. 말했다간 다른 사람들이 저 애를 데리러 올 거야."

할머니가 내 팔에 매달렸다. 너무 가벼워서 거의 무게가 느껴지지 않았다.

우리는 나무 아래로 조금 걷다가 벤치에 앉았다. 나는 할머니에게 여름 캠프와 친구들과 그리고 제레미에 대해서 말했다. 할머니는 아무 말이 없었다. 내 말을 듣고 있는지도 알 수 없었다. 결국 나는 입을 다물었다. 우리 주위로는 침묵밖에 흐르지 않았다. 할머니는 여기서 몇 광년 떨어진 곳에 있었다.

길 끝에서 그림자로 반쯤 가려진 거대한 형체가 우리를 향해 걸어오고 있었다. 그 앞에서 아주 조그만 털 뭉치가 풀밭 사이로 재빠르게 달려오고 있었다. 육이 할머니 무릎 위로 뛰어올랐다.

"미리아 아줌마! 할머니를 보러 오셨군요!"

"두 사람 다 보러 왔지. 조금 전에 네 엄마에게 전화를 걸었더니 네가 여기 와 있다고 하더구나."

"아줌마 딸은요?"

"바캉스 떠났단다. '저 아래······' 할머니 댁에 갔지."

할머니는 일어나서 미리아 아줌마가 팔로 가리킨 방향을 향해 걸어갔다. 남쪽으로 말이다. 할머니 주위에서 육이 서커스 강아지처럼 펄쩍 뛰고 재주를 부렸다. 우리는 셋이서 활짝 웃었다.

할머니와 이렇게 웃어 본 지가 언제였는지 까마득했다.

옮긴이의 말

이 책은 한 소녀의 일기다. 행복한 일기가 아니라 어느 날 찾아온 불행에 대한 기록이다. 여느 해처럼 여름 방학 수련회를 다녀와서 할머니를 찾은 안나는 할머니의 달라진 모습을 대하고 놀란다. 언제나 단정하고 깔끔했던 할머니가 잠이 덜 깬 부스스한 모습으로 나타나 손녀를 알아보지도 못하고 엉뚱한 소리를 하는 것이다. 다행히도 할머니는 금세 평소의 모습을 되찾지만 그 후로도 이상한 일은 자주 일어난다. 할머니는 알아듣지 못할 말을 하고, 길을 잃고, 사람을 착각한다. 할머니 기억에 구멍이 생기기 시작한 것이다. 안나와 할머니는 함께 뇌 훈련을 하며 그 구멍을 메워 보려고 애쓰지만 할머니의 기억은 자꾸만 사라져 가고 할머니는 점점 더 캄캄한 어둠 속으로 빠져든다.

　안나의 가족에게 닥친 불행은 누구나 언젠가 한 번은 겪게 될지 모르는 불행이다. 거스를 수 없는 노화 때문에 생기는 일이기 때문이다. 알츠하이머 병, 혹은 흔히들 '치매'라고 부르는 이 '뇌의 노화'는 그 과정을 직접 겪는 사람에게나 그것을 지켜보는 가족에게나 큰 아픔이자 두려움이다. 소중한 기억들을 잃고, 물건의 이름도 잊어버리고, 사람들을 알아보지 못하고, 자신이 누구인지조차 알지 못하게 만드는 이 질병은 수많은 사람을 고통과 고독 속으로 내몰고 있다.
　작가는 안나의 할머니에게 찾아온 이 병의 진행 과정과 그것을 겪는 할머니의 아픔을, 그리고 할머니의 변화를 안타깝게 지켜보는 가족의 심리와 행동들을 안나의 눈을 통해 섬세하게 그리고 있다.

　마치 시속 100킬로미터로 내달리는 사람들처럼 늘 시간에 쫓기는 엄마 아빠와는 달리 안나에게 할머니는 언제나 여유가 있고 함께 설탕 과자를 만들며 둘만의 비밀 얘기를 나누는 친구 같은 존재였다. 이 불행한 일이 닥치기 전에 할머니가 안나를 따뜻하게 보듬어 주었다면 할머니가 아프고부터는 그 역할이 뒤바뀐다. 이제 새하얀 머리의 할머니를 보듬고 위로해 주며 지켜주는 건 어린 안나다. 점점 낯선 모습으로 변해 가는 할머니를 바라보는 안나의 눈길에는 안타까움과 인내와 사랑이 가득 담겨 있다. 못된 질병에 맞서 할머니를 지키기 위해 안나가 내놓을 수 있는 무기도 오직 사랑뿐이다.

할머니의 변화를 지켜보며 안나는 늙는다는 것이 무엇이며, 사랑하는 사람을 잃는다는 것이 무엇인지, 그리고 그것이 받아들일 수밖에 없는 삶의 과정이라는 걸 차츰 깨달아 간다. 안나가 겪는 아픔은 커 가면서 누구나 겪지 않을 수 없는 성장의 과정이다. 그런 아픔을 겪음으로써 우리는 세상을 향해 한 발짝 성큼 나아가게 되는 것이다.

이처럼, 이 책은 늙는다는 것에 대해, 그리고 그로 인한 상실에 대해 얘기하고 있으며, 삶의 일부이기도 한 그러한 불행을 어떻게 마주 대해야 할지 생각해 보게 하는 책이다. 그런가 하면 사랑하는 사람들과 함께 나누는 시간의 소중함과, 그 추억이 깃든 작은 물건들의 소중함을 일깨우는 책이기도 하다.

오늘날 많은 가정에서 부모와 자녀 간의 대화 시간이 하루 30분이 채 못 된다고 한다. 많은 시간을 함께하고 많은 얘기를 나눔으로써 생겨난 안나와 할머니의 각별한 관계는 저마다 바빠서 얼굴을 마주 대하고 얘기를 나누는 시간이 점점 줄어들고 있는 요즈음의 가족 관계를 되돌아보게 한다. 또한 할머니와 함께 설탕 과자를 만들 때 사용한 냄비와 조개껍질을 보물처럼 간직하는 안나의 모습은 이런 의문이 들게 한다. 나의 보물은 무엇일까? 혹시 나는 쓰던 물건을 채 낡기도 전에 집어던지고, 새로 나온 최신형 모델의 기기를 갖지 못해 안달하고 있지 않나? 우리가 '누군가와 함께 나눈 시간'이 깃든 추억의 소중함을 잃어 가고 있지는 않은가?

2008년 겨울
백선희